KB273089

소설 보다 봄

문학과지성사

차례

별 세 개가 떨어지다

별 세 개가 떨어지다

김채원

2022년『경향신문』신춘문예를 통해 작품 활동을 시작했다.
소설집『서울 오아시스』등이 있다.

종묘원種苗院에서 돌아오는 길에 우연히 해가 저무는 것을 보았다. 해가 저무는 시간대를 확인하지 않고 해가 저무는 것을 보게 되었으니 분명 우연이라고 할 수 있었다. 혜임과 함께 걷고 있는 한적한 공원 길은 아직 잎을 떨구지 않은 나무들과 반쯤 잎을 떨군 나무들이 뒤섞여 있는 곳으로, 듬성듬성하게 그러나 길고 단단하게 뻗은 나뭇가지들 사이로 금방 어둑해진 저녁 하늘을 올려다보게도 되었다. 적지 않은 수의 나무가 이름표를 달고 있기도 했는데 한 그루씩 찾아 읽어보면 대체로 소나무와 복자기나무와 모과나무였다. 물푸레나무가 있기도 했지만 어쩌다가 한 그루씩 보일 뿐 대체로 보였다고는 할 수 없었다.

"종묘원이 아닌데도 이름표가 붙어 있어."

내 말에 혜임은 종묘원에 이름표가 붙은 나무가 있었나, 하고 내 대답을 들으려고 묻는 것인지 아니면 혼자서 생각해보려는 것인지 모를 말투로 중얼거리곤 잠시 골똘해졌다.

"종묘원에 이름표 붙은 나무는 없었잖아."

무언가 떠오른 표정으로 혜임이 말했다.

"그런데 이름표가 붙어 있는 것 같았잖아. 할아버지 거라고."

꾸며낸 말이 아니라는 것을 강조하기 위해 내가 양

팔을 휘휘 저으며 말하자 혜임이 고개를 끄덕였다.

"듣고 보니까 그렇긴 하다. 다 자기 거라고. 그치."

우리가 종묘원에 간 이유는 최근 소식이 뜸한 할아버지를 만나기 위해서였다. 좀더 정확하게 말해야 한다면, 최근 소식이 뜸한 할아버지가 가장 아끼고 가꾸는 것이 무엇인지 보기 위해서였다. 나는 할아버지의 큰딸의 아이였으므로 가계家系상 나에게 할아버지는 외할아버지였다. 혜임은 할아버지의 둘째 아들의 아이였으므로 혜임에게 할아버지는 친할아버지였는데 우리 둘 다 부를 때는 단순히 할아버지,라고만 불렀기에 혜임과 나는 친척으로 보이기보다 어쩌면 나이대가 고만고만한 자매처럼 보일지도 몰랐다.

나는 형제가 있으면 좋겠다는 생각을 해본 적은 없었지만 나와 동갑인 혜임이 내 언니이거나 동생이어도 괜찮을 것 같았다. 우리는 생김새가 비슷하지도 않고, 성격도 서로 조금씩 이상하다고만 생각하지 왜 그 모양이냐고 따져 묻거나 하지는 않으니까. 그래서 그게 뭐가 괜찮은 거냐고 누군가 묻는다면 막상 잘 대답하지는 못하겠지만 말이다. 그냥 그런 것 같아요,라는 대답 말고는 아무 대답도 못 하겠지만 그냥 괜찮을 것 같아요. 우리는 이름이 한 글자 겹치기도 하니까요. 자매는 보통 그렇지 않나요?

쿵……

“아야……”

그때 내 머리 위로 둥근 모과나무 열매가 한 알 떨어졌다. 열매는 내 정수리에서부터 시작해 어깨와 손등을 치고 다시 한번 아래로 떨어졌다. 잡동사니가 모여 있는 내 머릿속의 한 곳을 두드려보듯 쿵…… 하고 떨어진 다음 벽돌이 깔린 공원 바닥에 데구루루 구르지도 않고 한 번 더 쿵……

생각해보면 쿵……보다는 툭,에 가까운 소리였던 것 같다. 누군가 손에서 무심코 흘려 툭 떨어지는 소리 그리고 마치 그렇게 떨어진 모양새였다. 나는 갑자기 머리를 맞은 탓에 조금 창피한 기분으로 괜히 위쪽을 둘러보았다.

"어느 나무에서 떨어진 거지?"

궁금하지도 않은 것을 괜히 물어보기도 하면서 그랬다.

"어느 나무면 어때, 어차피 떨어진 거야. 너 귀 빨개졌다."

혜임은 휴대폰 플래시를 터뜨려 떨어진 모과 사진을 찍었다. 그러고는 자기가 찍은 사진을 보여주었다. 노랗게 잘 익은 열매의 색이 선명했다. 나는 휴대폰 화면에 얼굴을 가까이 하고 자세히 사진을 들여다보았다. 혜임의 행동에 내 행동을 맞추는 것이었다. 이렇게 하면 다른 사람과 함께 있는 일이 종종 자연스럽고 안심이 되는 일처럼 여겨지곤 했다. 매일은 아니고 종종 혹은 때때로. 보폭을 맞추어 걷는다. 무언가를 보여주면 보고 말을 걸어주면 대답하고 웃어주면 웃는다. 우하하. 그렇다고 해서 그렇게만 지내는 것은 또 아니다. 나는 상대방에게 먼저 말을 걸고 대답을 듣기도 한다. 억지로 웃은 날을 세어보기도 하고, 하지 않아도 될 일을 하기도 하고, 끙끙거리고, 죽고 싶을 때 곧장 혀를 깨물고 죽는다거나 하지도 않는다. 못해요 나는 죽고 싶지 않아요 살 거면 살려고 노력해야 하고 나는 노력해요 그런 사람이 아닙니다 아니요 전혀 그런 사람이지만요. 나는 주로 이런 방식으로 이리저리 나를 다루었는데, 이것이 크게 나쁜 방법이라고 생각되지 않아서였다. 크게 좋은 방법도 아니겠지만.

하지만 그게 어쨌다고? 내가 하고 싶은 이야기는 친척이나 자매에 관한 이야기도, 내 머리 위로 떨어진 모과나무 열매에 관한 이야기도 나의 창피함이나 나 자신을 다루는 방법에 관한 이야기도 아니다. 내가 하고 싶은 이야기는 단지 할아버지의 종묘원, 그러니까 할아버지가 홀로 가꾸고 있는 평범하게 수상쩍은 한 장소에 관한 이야기이다.

*

할아버지가 가족의 연락을 받지도 가족에게 연락을 하지도 않은 지 석 달 정도 지났을 무렵, 나는 할아버지가 갑작스럽게 돌아가셨을지도 모른다는 생각과 혼자서 뭘 그렇게 재미있게 하고 계신 걸까 궁금한 마음을 번갈아 오갔다. 돌아가셨을까? 그게 아니라면 연락이 되지 않을 만큼 재미있는 게 무엇일까? 이 문제로 엄마와 아빠와 친척들이 큰집에 모여 비교적 시간이 많은 나와 혜임이(나는 시험 준비를 한다고는 했으나 무늬만 재수생이었고 혜임은 고급 문구를 파는 가게의 주 3일 파트타임 아르바이트생이었다) 할아버지가 계신 곳으로 가보는 게 어떻겠느냐고, 어릴 적부터 너희를 유독 예뻐하셨으니 아무래도 그러는 것이 좋겠다고 결론을 지었다. 가서 할아버지의 기색을 살피고 조금 머물다가 다시 돌아오라고.

다들 할아버지가 돌아가셨을 거라는 예상은 염두에 두고 있지 않은 것 같았다. 어쩌면 그러고 싶지 않았거나. 혜임은 어땠는지 몰라도 나는 엄마에게 이것과 관련한 이야기를 들었을 때 풀고 있던 문제집의 한 귀퉁이를 접으며 응, 그러겠다고 말했다.

"다녀올게. 나도 할아버지가 혼자서 뭘 하고 계시는지 궁금해."

할아버지가 있는 곳으로 가는 길은 어렵지 않았다. 기차를 한 번 타고 넉넉잡아 두 시간 반 정도면 도착하는 거리였다. 역에서 내려 한참을 걸어가야 하긴 했지만 말이다. 근처 도심에서 먼저 내려 택시로 이동하는 방법도 있었지만 우리는 택시를 탈 돈으로 호두과자와 찐 감자와 탄산수를 사 먹기로 했다. 이따가 찐 감자에 설탕 말고 소금을 뿌려 먹자고 계획하는 사이 기차가 출발했고, 혜임이 말을 덧붙였다.

"설탕은 너무 달아."

"그야 설탕이니까 그렇지."

나는 오랜만에 탄 기차 안에서 금방 잠들었다가 내

릴 역에 가까워질 때쯤 귀가 아파 깼다. 혜임은 내가 잠들기 전까지 창가 자리에 앉아 바깥에 시선을 두고 있었는데, 내가 잠에서 깼을 때도 같은 자세로 바깥에 시선을 두고 있었다. 자신은 창문이 없는 지하 매장에서 일하기 때문에 창문을 통해 보는 풍경이 유독 귀하다고 하여 내가 자리를 양보한 것이었다.

나는 혜임이 창문을 통해 바깥 풍경을 보는 모습을 지켜보았다. 끝이 많이 상한 혜임의 머리카락이 강한 햇빛에 닿을 때마다 노랗게 빛났다. 커다란 창을 통해 햇빛이 들어올 때 나는 빛을 노려보기 위해 눈을 크게 떴고, 혜임은 천천히 눈을 감았다. 나는 우리가 빛을 대하는 태도가 다르다는 것을 알았다. 어릴 때부터 그랬다. 혜임은 새 떼가 무서워서 자기 눈을 가리는 아이였고, 나는 새 떼가 무서워서 가까이 올까 봐 눈을 크게 뜨는 아이였다. 하지만 언젠가 내가 눈을 감고 혜임이 눈을 크게 뜨는 날도 있을 것이다. 햇빛을 노려볼 때의 화끈거림을 혜임도 알게 될 것이다(그것은 단순히 햇볕의 열기 때문일까, 아니면 내가 보여지고 있다는 것에 대한 어쩔 도리 없음 때문일까?). 살아 있는 경우라면 누구라도 변덕을 부릴 수 있고 그래도 된다.

내릴 역을 지나치지 않고 무사히 내린 혜임과 나는 이른 월동 준비로 잘린 풀과 자질구레한 나뭇가지 들을 밟으며 한참을 걸었다. 별다른 말 없이 전봇대 너머의 구름을 보기도 하고 넓은 공터를 가로질러 좁다란 골목길, 텅 빈 아파트, 마호가니 의자, 그 의자에 앉아보는 사람, 남의 집 과수원 옆을 지나가는 사람, 신발 밑창, 껌, GPS, 요요, 조릿대의 얼룩 잎을 보기도 했다. 생선 가게 수조의 보글거리는 물거품과 새어 나오는 담배 연기도. 그리고 이것들을 보느라 다른 것들은 못 보았다. 자연히 그렇게 되었다.

"여기였나?"

"여기다."

우리는 초인종을 누르고 문이 열리기를 기다렸다. 이어서 문이 열리고, 역에서 산 호두과자와 찐 감자를 나눠 먹으며 찾아온 우리를 본 할아버지는 도리어 의아하다는 반응이었다.

"왜 온 거야? 연락도 없이. 그래도 사이좋게 잘 왔어. 못 본 사이에 둘 다 키가 좀 큰 것 같네!"

"얘나 저나 키 클 나이는 지났는걸요."

"무슨 소리. 코하고 키는 죽을 때까지 자라는 거야."

"그런가? 아무튼 저는 할아버지가 돌아가신 줄 알았어요. 아니면 혼자서 재미있는 것을 하고 있거나요."

"둘 다야. 나는 오래전에 죽었고 혼자 재미있는 걸 하고 있어."

할아버지의 말은 절반은 농담이었겠지만 그만큼 절반은 농담이 아니었다. 할아버지는 죽음에 가까운 상태를 경험한 적이 있으니까. 나로서는 태어나기도 전의 일이어서, 실제로 목격하지는 못하고 몇 번 나누어 전해 듣기만 한 이야기였다. 할아버지의 아버지인 증조할아버지가 전쟁 중에 두번째 아내와 떨어져 어린 할아버지와 함께 피난을 갔다가 휴전이 되어 집에 돌아오니 다 타고 재만 남았더라는 이야기. 그것을 본 뒤로 허망함에 시름시름 앓다가 스스로 목숨을 끊었다는 이야기. 목숨을 끊은 증조할아버지를 발견한 어린 할아버지가 어른들에게 도움을 요청하고 장례를 치르고 나서야 깊이 잠들듯 쓰러졌다는 이야기. 그리고 깨어난 그날부터 지금까지 목숨을 지키며 씩씩하게 살고 계신다는 이야기. 그러니까 겨우 일부분만 알 수 있는, 줄거리와 같은 이야기였다. 하지만 나는 계속 나였기 때문에, 비록 줄거리뿐인 이야기라고 해도, 자기 인생을 버린 사람과 버리지 않은 사람의 이야기를 계속해서 듣고 싶었다.

"다행이지."

"다행이야."

"다행이기는 하지만……"

당시에 나는 증조할아버지의 자살을 비겁하다고 흉

보았다가 크게 혼이 나기도 했었다.

"말을 그렇게 하면 안 되지."

그날 나에게 그 말을 한 게 아빠였는지 엄마였는지는 잘 기억나지 않는다. 나도 입장이란 게 있었으니 우선 혼나는 게 분했어서 기억나지 않는 것일 수도 있다. 나는 할아버지의 편에 서서 증조할아버지를 흉보았지만 원망할 곳도 없이 자신이 일군 것을 전부 잃게 된 그의 뒷모습과 그가 마지막으로 들었을 자신의 숨소리, 살고 싶었을 가능성 그리고 눈 내리던 밤, 임시로 얻은 낡은 집 안에 자살한 아버지를 두고 바깥으로 나와 도움을 요청했을 어린 할아버지의 작은 손을 상상해 떠올려볼 때면 마음이 차고 쓸쓸해졌다.

"그래서 혼자 뭘 하고 계시는데요?"

혜임이 다 먹고 빈 호두과자 봉투를 반으로 접으며 할아버지에게 물었다.

"식물들을 기르고 있어. 이번에야말로 제대로 번성해 눈에 띄었을 텐데…… 올 때 방향이 달랐으면 못 봤겠구나. 이따가 보여줄게. 저기, 저쪽으로 걸어가면 있어."

"지금 보면 안 돼요?"

"이따가 보는 게 좋을 거야. 내가 기르는 식물들은 아침잠이 많아서 주로 정오에 깨어나거든. 이렇게 잎을 쭉 펴고.”

“팔을 펴듯이요?”

“그래, 이렇게. 정말로 쭉 펴고.”

그런 말이 오가고 나서야 할아버지는 우리를 계속 현관에 세워두고 있었다는 것을 깨닫고 어서 안으로 들어오라며 손짓했다. 안으로 들어서자 감귤 계열의 방향제 냄새와 세탁 세제 냄새, 파스 냄새가 났다. 하지만 그와 같은 냄새들을 덮어버리는 오래된 목조 주택의 달짝지근하고 습한 비린내 때문에 숨쉬기가 힘들었다. 오이 냄새와 비슷한 물기 어린 냄새였다. 나는 입으로 숨을 들이마시고 내쉬면서 혜임은 어떠한지 물어보려다가 아참, 엄마에게 문자를 보냈다.

—할아버지 아무 일 없음.

—식물 기르는 일에 재미를 보는 중이라고 하심. 그 식물들은 아직 못 봄.

—하지만 곧 볼 것임.

—두 밤 자고 올라가겠음!

답장은 금방 왔다.

—알겠음!

답장이 짧은 것으로 보아 엄마는 마음이 놓인 것 같았다. 한 밤과 한 낮과 한 밤을 보내면 두 밤. 나는 엄마에게 해둘 말이 있나 싶어 잠시 고민하다가 그다지 없어 휴대폰을 가방 안에 넣었다. 어느샌가 숨쉬기가 편해졌음을 깨닫고 주방으로 가서 혜임과 함께 할아버지가 상 차리는 것을 도왔다. 행주로 상을 깨끗하게 닦고 밥과 국과 반찬을 든든히 먹은 뒤에 커피도 마시고 김부각도 몇 개 얻어먹고 졸기도 하다가 이제 가볼까, 하는 할아버지의 말을 따라 종묘원으로 향했다.

줄곧 청명한 날씨였다. 가을이어서 하늘이 더 높게 보였다. 가는 도중에 할아버지의 이웃을 만나 악수도 했다. 왜 악수를 했는지는 모르겠다. 어른이 한 손을 내밀기에 나도 공손히 한 손으로 잡았다. 이후에 할아버지에게 듣기로 그 이웃은 취미로 산수화를 그리며 사는 부자인데, 할아버지에게 초목에 관한 정보를 많이 주었다고 했다. 알고 있는 것이 많아서인지 한 대롱의 붓으로 산과 물이 있는 풍경을 단번에 그려낸다고.

그 말을 들으며 대단하다, 신기하다, 그런데 알고 있는 게 많은 것과 그림 실력이 연관이 있을까요, 하며 손으로 날벌레도 내쫓고⋯⋯ 몸과 마음이 정체 모르게 분주한 채로 걸었다. 아무 데도 갈 생각을 하지 않는 식물들을 떠올리면서. 조금은 신나면서. 무엇을 보게 될지 잘 몰라서.

"여기예요?"

"여기야."

종묘원은 반원형의 이글루 모양이었다. 가장자리에 자란 잡초로 어림잡아 모양을 짐작해볼 수 있었다. 잡초는 바깥 방향으로 갈수록 무성했다. 담장 너머까지 이어질지는 알 수 없었다. 위쪽에 둥근 유리 지붕을 얹거나 하지는 않아 건축된 온실 같은 곳이라기보다는 작은 야생 숲처럼 보이는 곳이었다. 트일 수 있을 만큼 트인 곳이었다. 할아버지의 말대로 나무와 식물 들이 울창하게 자라 정오의 햇빛과는 대비되는, 그늘이 짙게 드리운 부분이 곳곳에 차고 넘치도록 있었다. 조화롭다고는 할 수 없었지만 부채처럼 넓게 잎을 펼친 키 큰 식물들이 강인하고 건강해 보였다. 여름이 아닌데도 이렇게 잎이 푸를 수 있구나. 이곳이라면 크나큰 잎사귀 아래 어디에든 숨을 수 있을 것 같았다. 어쩌면 할아버지는 식물을 기르고 있는 것이 아니라 자신이 숨을 그늘을 만드는 일에 몰두 중인 것이 아닌가 싶었다.

나는 할아버지가 정성껏 가꾼 이곳이 몹시 좋았다. 몸을 앞으로 뒤로 흔들흔들 움직이며 그늘에 숨는 일은 항상 좋으니까. 하지만 그늘에 너무 오랫동안 숨어 있는 것은 좋지 않다. 사람은 머리에 햇볕을 쏘여야 건망증이 생기기도 하는데, 이처럼 견고한 그늘에 매일같이 숨어 있는다면 겪은 일을 아무것도 까먹지 못하고 영원히 기억하게 될 수도 있으니까.

아무튼 그 발은 갑자기 나타났는데, 아무래도 할아버지가 그를 아주 깊이 묻지는 않았기 때문인 것 같았다.

"할아버지."

나는 그 발로부터 약간 옆으로 비켜나 할아버지를 불렀다. 할아버지는 식물들에 가려져 보이지 않았다.

"할아버지, 여기 발이 있어요."

내 말을 들은 혜임이 잎사귀들 틈새로 고개를 빼내어 얼굴을 보였다.

"발이 있다고?"

"응, 발이 있어. 이쪽으로 와봐."

"이쪽이 어딘지 모르겠어."

"이쪽이야, 이쪽."

"발이 있을 거야. 그저께 거기에 사람을 묻었거든."

할아버지가 성큼 나타나 내가 있는 쪽으로 걸어오며 말했다.

"할아버지가 죽이고서요?"

"당연히 아니지. 나는 사람을 죽일 줄 몰라. 그런 건 시켜도 못 해. 하지만 죽은 사람을 묻는 것 정도는 할 수 있지 뭐야."

"큰일이네. 할아버지 잡혀가면 어떡하지."

혜임이 침착하게 걱정하는 투로 중얼거리자 할아버지는 으음, 하고 어째서인지 그럴 일은 없을 것 같다고 말했다.

"그게 말이야. 이 사람, 죽어도 너무 죽은 거야. 그게 참 이상했어. 죽어도 너무 죽었다는 느낌이."

그 말을 할 때 할아버지는 무표정한 얼굴이었고 혼자 있는 사람 같았다. 할아버지의 말을 듣는 사람이 아무도 없는 것 같았다. 나와 혜임은 그런 할아버지를 마주 보고 서서, 할아버지의 말을 듣고, 흙 바깥으로 나와 있는 누군가의 두 발을 내려다보았다. 몸이 조금 떨렸다. 겁내지 마, 살아 있지 않은 거야, 하고 스스로에게 말해줄 만한 용기가 없었다. 떨고 싶지 않았는데 뜻대로 안 되었다.

"발을 마저 묻어줄까요?"

내가 물었다.

"그래야지. 안 그러면 후회할 거야."

할아버지가 대답했다.

우리 세 사람은 한 삽 한 삽 구덩이를 파고, 바깥으로 나와 있는 두 발을 마저 넣은 뒤 뜨겁게 태운 흙을 식혀서 다독여 덮었다.

*

잘 시간이 되어 집 안의 모든 불을 껐는데도 잠이 오지 않았다. 할아버지와 혜임은 잘 잤고, 괜한 꿈에 시달리는 것 같지도 않았다. 가끔 할아버지가 기침하는 소리가 들렸다. 나는 거실 바닥에 깔아둔 푹신한 이불 위에 누워 밤을 꼬박 새웠다. 할아버지를 변호할 여러 말을 생각해보았다. 질문이랄 것 없이 대답만을 이어 나갔다. 마음만 먹으면 계속해서 이어나갈 수도 있을 혼잣말이었다.

그 남자가 누구고 어떻게 이곳에 왔는지 할아버지도 알 수 없었을 거예요. 옷을 하나도 입지 않은 채로 죽어 있었다고 했어요. 신발도 가지런히 벗어둔 채였고 온몸에 상흔이 있었는데 손목을 제외하고는 심한 정도는 아니었다고 했어요. 아마도 망설였던 자국들이겠죠. 살해당한 것으로 보이진 않았다고 했거든요. 사람은 어렵게 죽으니까요. 제 생각은 그래요. 이게 사실인지 아닌지는 몰라요. 자기가 죽은 모습을 보이고 싶은 사람이 어디 있겠어요? 저도 그건 싫은데요. 누가 숨겨주면 좋겠어요.

그렇죠. 발견되기를 바랄 수도 있겠네요. 그래도 저는 누가 숨겨주면 좋겠어요.

아니요. 발을 직접 만져보지는 않았어요. 예의가 아니라고 생각했어요.

이 일을 아는 사람은 저를 포함해서 세 명뿐이에요. 죽은 영혼까지 포함하면 네 명이고요. 모두 그저 거기에 있었어요. 실제로 일어난 일이에요.

할아버지가 왜 그랬는지 짐작할 수 있겠느냐고요? 그건 할아버지에게 물어봐야 하겠죠. 저는 할아버지가 아닌데요. 할아버지는 그렇게 하지 않으면 후회할 거라고 했어요. 할아버지는 이전에 딱 한 번 시체를 수습해야 했는데 너무 어려서 어른들에게 도움을 받았죠. 목매달아 매달려 있는 모습을 어른들이 다 보았겠죠. 서로 원하지 않았어도요. 말하다 보니까 할아버지가 왜 그랬는지 알 것도 같아요. 별로 말하고 싶진 않지만요.

아니다, 잘 모르겠다. 어쩌면요.

할아버지가 그 남자를 죽였을 리는 없어요. 만약 할아버지가 그럴 수 있었다면 오래전에 자기 자신을 죽일 수도 있었을 거예요.

무슨 냄새가 났더라? 이상한 냄새 같은 건 안 났어요. 잎과 줄기 냄새, 할아버지가 최근에 옮겨 심었다는 노송 냄새와 나무껍질 냄새, 물냄새, 거름 냄새 등등이 났고…… 아무튼 좋은 날의 냄새가 났어요. 키 높은 나무들이 서 있는 사이에서요. 정말로 그랬어요.

혹시 참깨도 식물인 거 아세요? 몰랐는데 할아버지가 알려줬어요. 제가 도움이 되는 말만 해야 하는 것은 아니잖아요. 우리가 먹는 참깨는 참깨 식물의 씨예요.

오후 3시요.

할아버지의 유년 시절에 대해서는 제가 알 수 있는 게 딱히 없죠. 제가 태어났을 때 할아버지는 이미 한참 할아버지였어요. 할아버지는 손주들이 태어날 때마다 잘 태어났다, 말하며 머리를 크게 쓰다듬어주시는 분이고요. 그런 말을 하는 사람이니 평범한 사람은 아니죠. 할아버지에게는 저도 잘 태어난 아이였고, 저는 할아버지가 누구를 죽였든 죽이지 않았든 묻었든 뭐든 잘못했다고 생각하지 않아요. 맹목적이라는 말은 무슨 말인지 못 알아듣겠어요. 머리가 나빠서긴요, 저는 그냥 편을 들어주려는 거예요.

*

한 밤이 지나고 곧 아침이었다. 나는 아직 잠들어 있을, 아침잠이 많은 식물들을 보기 위해 찬물을 챙겨 혼자 집을 나섰다. 다시 한번 거기에 있고 싶었다. 이번에는 걸어서 가지 않고 할아버지의 자전거를 몰래 타고 갔다. 길은 거의 비어 있었다. 안개가 끼어 멀리까지 보이지는 않았다. 하지만 가까이에 있는 것들은 잘 보였다. 흐릿한 새벽 풍경이 뺨을 스치며 빠르게 뒤로 밀려났다. 내가 나아갔다.

나아가면서, 죽은 남자가 깨어나 나와 함께 종묘원을 산책할 수 있을지도 모른다고 생각했다. 그런 일이 일어나지 않을 것을 잘 알기에 그런 생각을 할 수 있었는데, 내 예상을 배반하고 정말로 그런 일이 일어난다면, 그를 보려고 간 것은 아니지만, 종묘원의 흙을 한 움큼 집어 그에게 보여주고 싶었다. 이런. 그쪽은 죽어서도 여기에 있네요. 보세요. 그쪽이 이 아래에 묻혀 있었어요. 기억하세요? 우리가 깨끗하게 흙을 태우고 식힌 뒤에 덮어주었어요. 우리한테 고맙겠다. 고마우면 고맙다고 말하세요.

　같은 길을 세 번이나 돌고 나서야 종묘원에 도착했다. 나무도 식물도 모두 조용했다. 죽은 남자도 되살아나지 않고 묻힌 채로 조용히 있었다. 콧물을 훌쩍이며 소리를 내는 건 나뿐이었다. 나는 혼자 산책했다. 산책하면서, 땅에 묻혀 있는 남자를 방해하지 않기 위해 발소리를 내지 않으려고 노력했다. 그리고 묻은 자리 근처에는 가지 않았다. 잘못하면 얼굴뼈를 밟을 수도 있으니까. 시체를 묻은 자리를 중심으로 두고 멀찍이 떨어져서 맴돌기만 했다. 그러다가 나도 신발을 벗고 땅에 드러누워보았다. 숨을 쉬었다. 자갈이 섞인 흙 위로 머리를 누이고 있어도 아프지 않았다. 아무도 없이, 나도 없이. 나는 커다란 잎사귀 아래에 숨어 그런 생각을 했다. 만약 내 손에 녹음기가 쥐어져 있었다면 그늘이 고일 때 들리는 웅성거림이나 진딧물이 움직이는 소리, 안이 텅 비어 있는 줄기가 바람을 맞아 울리는 소리를 녹음해볼 수도 있었을 것이다. 그러나 내 귀에 들리는 소리는 다만 잠재우듯 불어오는 바람 소리였다.

　나뭇잎들이 바람을 맞아 흔들거렸다. 수천 개의 잎이 흔들거리는 속에서 새벽하늘에 뜬 별들이 잠깐 보였다가 잎에 가려졌다가 했다. 그 한계 속에서, 가장 밝은 두 별이 마치 반짝이는 두 눈처럼 보였다. 식물들을 제외한다면 나는 죽은 남자와 단둘이 있는 셈이었다. 하지만 과연 식물들을 없다고 생각할 수 있는 걸까? 그는 어떤 사람이었을까? 하는 궁금증은 왜 생기지 않는 걸까? 궁금할 법도 한데 그렇지가 않았다. 그보다는 내 몸 위로 자기 몸만 한 무늬의 그늘을 드리우는 잎사귀들, 곤히 잠든 식물들에게 궁금한 것이 있었다. 종일 무엇을 하며 시간을 보내는지. 자신이 어떻게 이곳에 머물고 있는지 아는지. 꽃을 피우거나 열매를 맺을 때 줄기가 아프거나 하지는 않는지. 기분에 따라 잎을 떨구거나 흡족하게 펼치기도 하는지. 아니면 식물에게 그런 건 조금도 상관없는 것인지. 누군가 너희를 좋아하면 좋아한다는 게 느껴지는지. 관심을 기울이면 말을 할 수도 있는지. 말하고, 웃고, 움직이며 오랫동안 살 수 있는지.

"왠지 그럴 것 같아."

나는 중얼거렸다. 그럴듯한 생각이야. 나 스스로도 이해하려고 들지는 않겠지만…… 나는 이곳에서 혼자 질문하고 대답을 듣지 못하는 일이 식물들의 대단한 호의 덕분인 것처럼 느껴졌다. 그런 호의를 받지 않아도, 이곳을 벗어나면 모두 없던 일이 될 것인데도 그랬다.

머리에 묻은 흙을 털고 누운 자리에서 그만 일어났다. 아침 해가 서서히 뜨고 있었다. 나는 어쩐지 몽롱한 상태로 다시 할아버지와 혜임이 있는 집으로 돌아갔다. 해가 뜨는 방향으로 걸어야 했기에 돌아가는 내 내 눈이 부셨다. 총천연색 태양, 한 모금의 물, 과장되지 않게 나타나는 자연의 기적들. 말하고, 웃고, 움직이며 오랫동안 살 수 있는지.

"자전거는 어디에 두고 왔어?"

할아버지가 물었을 때 나는 내가 몰래 타고 간 자전거를 종묘원에 두고 왔다는 것을 깨달았다.

"괜찮아. 이따가 가서 할 일이 많아. 돌아오는 길에 내가 타고 오면 돼."

할아버지가 말했다.

"저희도 같이 가서 도울게요."

혜임이 말하자, 할아버지는 잠이 덜 깬 두 눈을 아무렇게나 비비고서 기지개를 켰다.

"그래주면 고맙지. 그리고 너희는 내일 올라가는 거다."

"안 그래도 그러려고 했어요."

"혼자 있고 싶으세요?"

"그럼, 이래서는 영 조용하지가 않잖아."

“저희 조용히 있었는데요.”

“아예 없는 것보다야 시끄럽지.”

맞는 말이기에 나는 조금 의기소침해졌다.

“그 일을 들키면 할아버지가 미친 사람이라고 소문 날지도 몰라요.”

“그러라지. 오늘은 너희가 내 일을 좀 도와라. 하루 종일 말이야.”

그것은 할아버지가 우리에게 종일 일을 시키려 한다 기보다는, 종묘원에 종일 머물 수 있게 허락해주려는 것일 수도 있었다.

“하지만 그 이상은 안 된다. 나는 혼자 있을 거야.”

할아버지의 일을 도우러 나가기 전에 혜임과 나는 각자 몸을 씻고 머리를 말렸다. 그러고는 나란히 소파 에 앉아 TV를 보았다. 지방에서만 볼 수 있는 지역 방 송을 틀어 보았다. 아침 뉴스가 끝나고 “유령에게는 좋 은 틈이 있어”라는 제목의 연속극이 시작되었다. 무엇 이 유령이고 무엇이 틈인지 아니면 그냥 그 무엇도 아 니고 단지 등장인물의 이름으로서만 그렇게 지어둔 것 인지 내용을 몰라 배우들의 연기를 지켜볼 뿐이었다. 어찌 되었든 그들은 안색이 좋았고 부지런했다. 화면 이 바뀔 때마다 의욕이 넘쳤고, 분주했고, 가만히 서 있기만 하거나 같은 말만 되풀이하는 사람이 나오는 법도 없었다. 그렇다고 해서 무턱대고 희망적인 분위기도 아니라는 점이 재미있기도 했다. 그들의 부드러운 낯빛과 분주함은 어쩐지 즐거워 보이면서도 울적했다. 그래서 상태가 더 나빠 보이기도 했고, 어떻게 봐야 할지 헷갈렸다.

"무슨 내용인지 모르겠어."

"보다 보면 알게 될걸."

혜임이 TV 화면에서 눈을 떼지 않고 말했다.

"그런가?"

"나는 모든 이야기가 그런 것 같아. 처음부터 보지 않아도 보다 보면 알게 되는 거."

나는 혜임의 말에 동의하면서도 어떤 것은 처음부터 보고 들어도, 겪어도, 전혀 알게 되지 않는다고 생각했다. 모든 게 이런 식이야, 하고 생각해버릴 수 없는 예외들이 있다고 말이다. 혜임도 그것을 모르지는 않을 것이고 다만 지금은 자기가 말한 것을 말한 대로 믿고 싶은 것 같았다.

"맞아. 그런 것 같아, 나도."

"매번 그렇게 비슷하게 대답하지 않아도 되잖아."

혜임이 웃으며 나를 보았다.

"아니야. 정말로 그런 것 같다고 생각했어."

우리는 〈유령에게는 좋은 틈이 있어〉를 계속 보았

다. 유령은 이름만 유령이 아니라 정말로 유령이 맞았고, 보다 일찍 죽은 아기 유령들을 강가에 데려가 자기 갈 길을 가도록 놔주고 돌아오는 일을 하고 있었다.

"아까는 가서 뭐 했어?"

종묘원에 가서 혼자 무얼 했느냐는 혜임의 물음에 나는 가서 산책도 하고 땅에 누워 있었다고, 맨발로 드러누운 채 그냥 가만히 있었다고 대답했다. 그런데 이따가 감기에 걸릴 것도 같다고, 땅이 분명 차가웠는데 막상 거기서는 차갑다고 느끼지 못했다고도.

"돌아오고 보니까 땅이 차가웠던 게 기억나면서 몸이 으슬으슬 추워져."

그때 면도를 하고 나와 식탁 의자에 젖은 수건을 걸어두던 할아버지가 내 말을 듣고 에구, 따뜻하게 데운 보리차와 납작하게 말린 생강을 챙겨 주었다. 생강은 별로 먹고 싶지 않았다…… 하지만 위에 설탕이 발라져 있어 생각보다는 먹을 만했다. 설탕이 자꾸 이에 달라붙어 혀로 떼어내기가 쉽지 않았다.

"요령 피우지 말고 끝까지 다 먹어. 공부해야 하는데 감기 걸리면 고생해. 요즘 감기는 기침이 떨어지지를 않는다."

우리는 어제 먹은 것과 비슷한 밥과 국과 반찬을 아침으로 챙겨 먹고 점심에 나눠 먹을 유부초밥과 사과,

고추냉이 맛 완두콩 과자, 견과류, 물과 커피를 챙겨 집을 나섰다. 셋이 먹을 양이어서 가방의 무게가 꽤 나갔다. 등 뒤로 현관 도어 록이 잠기는 소리가 들리고, 혜임과 나는 가방 손잡이를 한쪽씩 잡고 걸었다. 혜임이 왼쪽 손잡이를, 내가 오른쪽 손잡이를 잡았다(할아버지는 수건만 챙겼다!). 혜임의 손톱에 상아색 매니큐어가 칠해져 있는 것이 보였다.

"그거 잘못하면 벗겨질 것 같아."

내가 말하자, 혜임이 자기 손톱을 내려다보며 그럼 다시 칠하면 돼, 하고 말했다.

"다시?"

"다시."

무언가를 다시 할 수 있다는 말이 언제나처럼 나를 기분 좋게 했다. 그리고 언제나처럼 슬프게 했다.

*

"이 남자, 옹이 귀신이 될 수도 있어."

"옹이 귀신이 뭐야?"

"나무가 있는 곳에 머무는 귀신이야. 유령하고는 다른 거야."

"그거 괜찮겠다. 그러고 싶다면."

"그러고 싶다고 해서 되는 게 아니야."

"그것도 괜찮겠다."

*

"너희 그만 놀고 와서 이것 좀 도와라."

나와 혜임은 전지가위를 들고 일을 돕기도 하다가, 시체가 묻힌 자리를 조심스럽게 들여다보기도 하다가, 커다란 잎을 구부려 할아버지의 눈을 피해 걷기도 하면서 시간을 보냈다. 할아버지는 땀을 흘리며 토양을 고르게 섞는 데 집중하고 있었다. 할아버지가 손을 움직일 때마다 축축한 흙냄새와 나무뿌리 냄새가 났다. 고개 숙인 할아버지의 얼굴은 반쯤은 비스듬히 빛 아래에 그리고 반쯤은 그늘에 속해 있었다. 우리 세 사람은 이곳에서 해가 저물 때까지 있었다. 어떻게 그럴 수가 있었을까? 싶으면서도 그럴 수가 있었다. 떨어진 마른 잎사귀들을 한쪽으로 쓸어 담고 이름 모를 열매를 밟으면서. 챙겨 온 점심을 같이 나눠 먹고 농담도 하면서. 푸르스름한 돌을 주워 반질반질해질 때까지 손으로 이끼를 닦아내면서. 사방으로 뻗어 있는 가지들을 내 생각처럼 올려다보면서.

해가 저물기 시작하자 멀리 서 있는 가로등에 하나

둘 불이 켜졌다. 불빛이 우리가 있는 곳까지 제대로 번지지는 않았지만 아주 캄캄한 것은 또 아니어서 긴장하지 않고 충분히 움직일 수 있었다. 할아버지는 아마도 이 시간대쯤이었다고 말했다. 그가 이곳에 와서 죽어 있던 걸 발견한 것이 아마도 이 시간대쯤이었다고.

"처음에는 얼굴을 못 봤어. 엎어져 있었거든."

할아버지는 나와 다르게 그에게 궁금한 것이 있었는데, 그것은 어차피 영원하지 않을 몸을 어째서 그렇게 하루아침에 훼손하여 매듭지을 수 있는지에 대해서였다. 그리고 그 자신이라고 해서 그걸 알 수 있었을지는 잘 모르겠다고도 덧붙였다. 나는 할아버지의 목소리로 듣게 된 매듭이라는 단어에 대해, 누군가 매듭을 짓는다는 행위에 대해 생각해보았다. 매듭지었다고 볼 수 있는지 잘 모르겠다고도 혼자 덧붙였다. 매듭지은 것이든 아니든, 수습이 잘 안된 것 같아 보여도, 자신을 보호하지 않고 자살하도록 몰아갔을 의지, 그런 의지를 가졌던 그가 땅에 묻혀 있다는 것만이 사실이었다. 각자 할 수 있는 만큼 하는 것일 테고 자기 몸을 돌고 있는 붉은 피에 대해 그는 더 이상 생각하지 않아도 될 것이다. 그가 걸을 때와 멈춰 설 때, 행복하거나 슬플 때, 낙담할 때와 사랑할 때, 말할 때와 말하지 않을 때의 얼굴을 나는 모른다. 그가 나를 비웃을 때의 얼굴도 나는 모른다.

"그만 돌아가자."

할아버지의 말에 혜임과 나는 천천히 돌아갈 준비를 했다. 밤을 꼬박 새우고 이런저런 생각을 많이 한 탓인지 몸과 마음이 고단했다. 짐을 챙기며 함께 아는 노래를 흥얼거리고, 혹시 두고 가는 것은 없는지 채소밭까지 넉넉히 건너다보았다. 한쪽에서 자전거를 끌고 오는 할아버지에게 혜임이 이제 가요, 하고 말했다.

"두고 가는 것 없어요. 인제 그만 가요."

나는 이름이 외워지지는 않지만 기억하고 싶은 몇몇 나무와 식물을 다시 한번 보았다. 나지막한 덤불들, 아몬드 껍질, 조그만 자루들, 잘린 줄기 조각들, 일회용 손난로와 땅에 묻혀 있는 이에게 주어졌을 아이같이 깊은 잠을 보았다. 만약 그의 자살이 미수로 그쳤다면 함께 돌아갈 수도 있을 텐데 그러지 못한다는 생각이 들었다. 가장 넓은 그늘을 드리우는 식물의 잎을 올려다본 것을 마지막으로 그곳에서 돌아서려고 할 때, 시체를 묻은 자리 너머로 별 세 개가 떨어지고, 혜임과 나와 할아버지는 아치 모양으로 떨어지는 그것을 와, 하고 함께 보았다. 너무 환하고, 또 너무 무거운.

인터뷰

김채원
×
강도희

강도회   안녕하세요, 김채원 작가님. 이렇게 지면으로 처음 인사드리게 되어 반갑습니다. 2022년 겨울 「빛 가운데 걷기」, 2024년 봄 「럭키 클로버」에 이어 2026년 봄 「별 세 개가 떨어지다」로 〈소설 보다〉 시리즈와 또 한 번 인연을 맺게 되셨는데요. 2년이라는 시간이 짧은 것 같으면서도 막상 촘촘한 나날의 간격을 벌려보면 많은 일이 생각납니다. 작가님에게 지난 2년은 어떤 시간이었는지요. 작년에 첫 소설집 『서울 오아시스』를 내고 많이 후련하기도 하셨을 것 같습니다.

김채원   안녕하세요. 이전에 『서울 오아시스』와 관련해 써주신 비평을 감사히 읽었는데 이렇게 지면으로 맞대어 뵙게 돼 놀랍고 반갑습니다. 지난 2년 동안은 이런저런 일을 하기도 하고 관두기도 하고 긴 호흡의 소설을 시도하고 실망하고 다시 시도하며 지냈던 것 같아요. 저는 외부로부터 일을 제안받으면 한 번은 해보자, 결심하는 편인데요. 그 '한 번'을 2년 동안 웬만큼 경험해서 이제는 제가 어떤 것을 할 수 있고 어떤 것을 할 수 없는지 가늠해볼 수 있게 됐어요. 그래서 전보다는 마음이 혼란하지 않고 좋습니다. 첫 소설집을 출간하고 나서는 이제 조금…… 고개를 들어봐야 하지 않을까? 싶었는데요. 그 생각을 하고서 처음으로 쓴 소설이 「별 세 개가 떨어지다」였어요. 소설을 다 쓰고 난 뒤 어쩐지 사용해보지 못했던 근육을 사용해보았다는 것에 의미를 두고 혼자 즐거워했던 기억이 납니다.

강도희 「별 세 개가 떨어지다」는 죽음 곁의 존재들을 꾸준히 지켜보는 작가님의 소설 중에서 가장 환하고 단단한 인물들이 나오는 작품 같습니다. 뭐랄까, 『서울 오아시스』의 인물들은 처음에는 거리감이 느껴지지만 이야기를 읽어나감에 따라 그 거리감이 차츰 좁아지면서 나중엔 꼭 안아주고 싶은 먹먹한 마음을 불러일으킨다면, 이 소설의 인물들은 훨씬 가까이 있는 존재로 보이면서도 또 마구 다가가면 안 될 것같이 단단한 자기 세계를 갖고 있는 사람들처럼 느껴집니다. 어쩌면 그것은 이미 서로 마음을 쓰고 있는 인물들의 관계가 잘 보이기 때문일 텐데요. 작가님의 소설에 자주 나오는 '노인'이 이 소설에서는 '할아버지'로 불리는 것만 봐도 그렇습니다. 『서울 오아시스』에 실린 단편 「외출」에서 '나'의 외조부는 딸의 죽음 이후 더는 '나'의 외조부였던 시기로 되돌아갈 수 없는 '노인'이 됩니다. 한편 이 소설에서 '나'의 할아버지는 '아이'이기도 한데요. 아버지의 자살을 목격한 어린 할아버지를 상상하며 '나'는 그가 식물들의 그늘 밑에 숨어 기억에 갇혀 사는 건 아닐까 걱정합니다. 그런데 할아버지는 그런 손녀들의 걱정과 변호를 별로 필요로 하지 않는 사람 같기도 합니다. 갑자기 나타난 남자의 시체를 꼭 씨앗을 심듯 흙으로 덮고 잘 묻어주는 것도 그렇고요. 요컨대 할아버지는 갑자기 돌아가셨다고 해도 놀라지 않을 만큼 죽음과 가까운 존재이면서도 죽음과 가장 먼 것처럼 보입니다. 소설의 온도나 인물들이 주는 인상의 변화를 의도하신 것인지 궁금합니다.

김채원　남자의 시체를 마치 씨앗을 심듯 묻어주었다는 말씀이 무척 재미있습니다. 씨앗이라니. 그렇게 생각해본 적이 없는데 정말로 그렇잖아, 하고 생각하게 돼요. 소설의 온도나 인물들이 주는 인상의 변화를 의도했다기보다는 우선 저라는 사람이 그동안 조금 변했어요. 어디가 어떻게 변했다고 딱 잘라 말하기는 어렵지만 내가 조금 변했구나, 하는 순간들이 생기더라고요. 이를테면 저는 서랍장에 아무것도 넣지 않는 사람이었는데 지금은 첫번째 서랍에 무언가를 넣어두는 사람이 됐어요. 두번째와 세번째 서랍에는 여전히 아무것도 넣지 않지만요. 그리고 소설가라는 게, 그러니까 제가 소설가라고 했을 때 뭘 할 수 있을지 질문하게 됐어요. 뭘 할 수 있겠니? 스스로 질문해보면 그에 따라붙는 양방향의 대답들이 있고요. 그 정도의 작은 변화가 저에게 있었고 그것이 소설에 반영되기도 했을 것 같아요. 제가 오랫동안 지켜보았던 한 장면이 있다면 그 장면의 다른 면을 아주 조금만 들춰 보고자 했던 것

같고요. 이 소설을 쓸 때 정해둔 약속들이 있었거
든요. 인물들이 서로 가까이 관계할 것, 그리고 가
까이 관계하고 있으므로 대화라고 할 수 있는 보편
적인 대화를 해볼 것. 이렇게 두 가지였는데 둘 다
이전의 저라면 약속해두지 않았을 것들이에요. 그
런데 이렇게 쓰고 보니 한편으로는 모든 것이 저와
전혀 무관하게 이루어진 것일지도 모르겠다는 생
각도 들어요.

강도희　소설의 인물들은 반복적으로 '모름'과 '궁금함/궁
금하지 않음'의 상태를 오가는데요. 할아버지를 찾
아가는 '나'와 혜임처럼 누군가의 상황을 잘 모르
고 그렇기 때문에 알고자 하는 호기심은 인물을 보
살피는 마음의 원동력이 되기도 합니다. 그런가 하
면 산 식물들이 궁금한 '나'와 죽은 남자가 궁금한
할아버지처럼 인물들은 궁금함의 대상이나 정도에
서 차이를 보이기도 합니다. 할아버지는 자신의 삶
에 우연히 끼어든 죽음들을 끈질기게 바라보면서
"어차피 영원하지 않을 몸을 어째서 그렇게 하루아
침에 훼손하여 매듭지을 수 있는지" 잘 모르겠다고
말합니다. 이 '모름', 설명하지 않으려는 의지는 어
쩌면 할아버지를 살게 하는 힘이기도 한 것일까요?
예전 인터뷰에서 소설 속 인물들이 질문하고 있을
때 작가님도 인물과 함께 질문하고 있다고 하셨는
데요. 이 작품에서도 인물들의 궁금함은 작가님 개

인의 궁금함이기도 한 것일까요? 무언가를 모르는 상태에 대한 자각을 통해 어딘가로 나아가는 인물들의 여정을 살피고 싶으셨던 것일까요?

김채원　아무래도 둘 다였던 것 같아요. 다만 이 소설에서는 저의 궁금함이라는 게 그다지 중요하지는 않았어요. 쓰는 동안 저라는 개인이 거의 지워져 있었거든요. 인물들이 각자 품고 있는 질문에 대한 마땅한 대답을 듣지 못한 채로 어떻게 움직이는지 지켜봤어요. 말씀해주신 것처럼 무언가를 궁금해하는 마음에는 자신이 모르고 있다는 자각이 전제된다고 생각해요. 어떤 것은 모르는 채로 두어도 좋을 테고, 어떤 것은 모르는 채로 두고 싶지 않을 테고요. 때로는 대답을 들으려고 질문한다기보다는 그저 질문하려고 하는 질문도 있겠죠. ‘나’의 경우에는 타고나기를 죽음과 친밀하면서도 삶을 궁금해하는 인물이에요. 제가 알고 있기로는 그랬어요. 그렇기에 주변을 두리번거리고, 들여다보고, 죽은 남자와 함께 산책하는 자신의 모습을 어렵지 않게 상상하면서도 강인한 생명력을 내보이는 식물들에게 "말하고, 웃고, 움직이며 오랫동안 살 수 있는지" 질문할 수도 있는 것이겠고요. 그런데 할아버지의 경우에는 고백하자면 제가 예상한 범주를 초과하는 인물이었어요. 제가 할아버지의 어떤 모습을 상상해 쓰려고 하면 자꾸 아닌데? 하고 불쑥 말소리

가 나타나는 거예요. 아닌데? 나 안 그런데? 너 누
군데? 그래서 네, 하고 그러시라고 놔뒀던 것 같아
요. 제가 짐작해볼 수 있는 것은 그가 자신을 지키
는 방법으로 빛도 어둠도 아닌 그늘을 선택했다는
것뿐이에요.

강도희   그러고 보면 갑자기 떨어진 모과에 머리를 맞는 것
만큼이나 의문스러운 일도 없을 것 같아요. 묵직한
무언가가 정수리를 치고 갈 때 저라면 가장 먼저
‘누구지?’ 하고 물을 것 같습니다. 나라는 목표를
겨누고 출발한 이 사물―불행의 원천을 찾게 되는
건데요. 그것이 안 보인다면, ‘왜 나지?’ 하고 또 묻
게 되겠지요. 출발점부터 도착지까지 정확한 경로
를 알아야 안심이 되는 사람처럼 말이에요. 그런데
소설에서 ‘나’는 고개를 위로 들어 모과가 떨어진
나무를 찾으면서도 그것이 실은 별로 궁금하지 않
다는 것을 의식합니다. 옆에서 혜임은 떨어진 모과
의 사진을 남기는데, 사진이 흑백으로 인쇄가 되어
그런지 두개골(?) 같기도 하고, 하여튼 과일보다는
으스스한 무언가로 보입니다. 이를테면 ‘나’와 혜임
이 자세히 들여다보는 것은 불행의 경로보다 불행
자체이고, 기록과 저장의 과정에서 불행은 물화되
고 변형된다고 할 수 있을까요. 이 사건 또한 어떤
정확한 출발점, 즉 “내가 하고 싶은 이야기”가 아니
라고 ‘나’는 못 박아두지만, 모과 사진의 탄생과 이

장면이 들어가게 된 사연이 무척 궁금합니다.

김채원 멋진 해석이라서 짐짓 그게 맞습니다, 하고 대답하고 싶지만 그러면 안 되겠죠? 모과 사진을 소설에 넣게 된 계기는 사실 엄청 시시해요. 너무 시시해서 건네주신 질문을 모른 척하고 싶을 정도로요…… 사진은 실제로 제가 찍은 것이고, 실제로 제 머리 위로 떨어진 모과였어요. 모과라는 게 기본적으로 단단하다는 것은 알았지만 높게 자란 나무에서 떨어지니까 정말로 쿵 소리가 나게 단단하고 아프더라고요. 누가 보았을까 창피하기도 했고요. 다행히 주변에 사람이 없는 이른 새벽이어서 플래시를 터뜨려 사진을 찍어두었는데 집에 돌아와 다시 살펴보니 사진이 마음에 들었어요. 이 소설을 막 쓰기 시작한 때이기도 해서, 원고 파일에 사진을 넣어 ‘나’의 머리 위로 모과가 떨어지게 해보았던 거예요. 끊임없이 이어지는 ‘나’의 생각을 잠시 중단시키는 도구로서 시도해본 것이었고, 그 뒤로 이어질 인물들의 반응이 괜찮으면 소설에 넣고 반응이 영 별로면 넣지 말아야지 했는데 두 사람의 반응이 괜찮았어요. 모과와 연결된 초반 장면은 제가 구성했다고는 할 수 없고 ‘나’의 머리 위로 모과를 떨어뜨린 뒤 ‘나’와 혜임의 반응이 문장으로 따라와 만들어진 장면이에요. 소설을 쓸 때 이따금 요행을 바라듯이 상황을 임의로 부여해보곤 하거든요. 대부분은 인물들이 제때 잘 반응하지 않거나 시큰둥하게 반응해서 지우게 되는데 이번에는 지우지 않아도 돼 다행이고 좋았습니다.

강도회 식물 이야기를 하지 않을 수가 없는데요. 작가님의 다른 소설인 「럭키 클로버」에는 엄마가 물려준 자두 농장을 돌보는 자영과 여덟 명의 병정이 나오고, 「다섯 개의 오렌지 씨앗」에는 혼자 사는 할머니 구아미가 정해진 시간에 꼭 다섯 개의 화분 속 심어둔 다섯 개의 오렌지 씨앗에 매일같이 물을 줍니다. 식물을 기르는 일은 어떤 종결을 생각하지 않아도 되는 긴 시간성의 행위인데, 반복되는 낮과 밤, 계절의 순환을 따라가는 질서 속에서 인물들은 어딘가 끊겨버린 혼란한 마음을 부여잡을 수 있게 됩니다. "아무 데도 갈 생각을 하지 않는" 식물들의 수동성은 인간의 능동성을 요구하기도 하는데, 제게는 이것이 정확한 서사적 진행을 추구하기보다 인물들의 주변을 맴돌면서 빛과 소리, 냄새의 우연한 개입을 받아들이는 김채원 작가만의 독특한 문체와 그것을 읽는 독자의 수행 방식과도 닮았다고 느껴집니다. 작가님의 글쓰기에서 식물이란 어떤 존재인가요.

김채원 저는 식물을 좋아하지만 잘 아는 사람은 아니에요. 오히려 잘 죽이는 편에 가까워서 빈 화분을 몇 개가지고 있기도 해요. 다만 발 디딜 땅을 조금 가진 다는 점에서 인간인 저와 식물이 공유하는 감각이 있지 않을까요? 소설이라는 토양에서 작가와 독자의 관계도 마찬가지일 수 있겠고요. 지금은 따로 나와서 살고 있지만 어릴 때부터 살았던 본가에 작은 정원이 있었어요. 이 정원이 조금 특이한데, 집 바깥에 있는 정원이 아니고 집 안에 들어와 있는 정원이에요. 거실을 크게 넷으로 등분하면 그중 한 칸 정도가 정원이었어요. 그런데 평소에는 아무렇지도 않다가 이따금 정원에서 기르고 있는 식물들의 정체가 의문스러운 거예요. 매번 일정한 간격으로 물도 줘야 하고 햇빛도 받을 수 있게 해줘야 하고. 몇몇 가지는 흰 꽃을 피우기도 하고 바람을 맞으면 흔들거리기도 하며 살아 있는데 너무 고요히 살아 있고. 그러다가 죽을 때는 예고도 없이 단번에 죽어버리고. 그것이 어느 날에는 신기하고 또 어느 날에는 조금 무섭더라고요. 그래서인지 소설에서 식물을 다루려고 할 때 항상 친근하기도 하고 서늘하기도 한 모습으로 나타나는 것 같아요. 가까이서 보고 지냈으니까요.

강도희 너무 고요히 살아 있다는 말이 와닿는데요. '종묘원'이라는 이름에서도 짐작할 수 있지만 할아버지가 식물을 기르는 곳은 갑자기 나타난 남자의 시체로 인해 무덤이 됩니다. 죽은 사람이 묻혀 있는 종묘원에서 어쩐지 발길이 떨어지지 않는 할아버지와 혜임 그리고 '나' 세 사람은 마지막으로 그곳을 한 번 돌아보다 별 세 개가 떨어지는 것을 봅니다. 무언가 떨어진다는 말을 들으면 마음이 덜컥 내려앉기도 하는데요. 우산을 안 가져왔는데 빗방울이 떨어진다든지, 직장 상사의 갑작스러운 호출이 떨어진다든지, 시험에 떨어진다든지…… 그런가 하면 어떤 떨어짐은 참 신기하기도 해서 가만히 들여다보게 됩니다. 좀처럼 끝날 것 같지 않던 여름 낮의 일몰이랄지, 금세 잠에 곯아떨어진 사람의 얼굴이랄지 말이지요. 세 사람이 와, 하고 감탄하며 쳐다본 별 세 개도 그런 것일까요. 별은 세 사람을 마지막으로 붙잡는 것이자 뒤돌아 잘 떠날 수 있게 하는 것이기도 합니다. 서서히 지루하게 내려오는 게 아니라 한 번에 떨어지고 끝나니까요. 떨어진다는 말을 들으면 작가님은 어떤 느낌이 가장 먼저 드시나요? 이 장면을 마지막에 배치한 작가님의 생각도 궁금합니다.

김채원　떨어진다는 말을 들으면 특정한 느낌보다도 먼저 호를 그리며 떨어지는 야구공이 떠올라요. 소설의 마지막 장면에서 떨어지는 세 개의 별을 "아치 모양으로 떨어지는 그것"이라고 썼는데 '아치 모양'과 '호'가 표현만 달리한 것이니 결국 같은 풍경을 떠올리고 있는 건지도 모르겠어요. 별 세 개가 떨

어지는 장면을 마지막에 배치한 이유는 '보다'라
는 동사와 관련이 있는데요. 이 소설을 청탁받을
때 주어진 동사형의 주제가 있었어요. 그게 '보다'
라는 동사였고요. 그래서 소설 속 인물들이 무언가
를 보거나, 보지 않거나, 보지 못하는 모습이 계속
해서 나오는데 마지막에 이르러서 단 한 번, 그러
니까 세 사람이 동시에 고개를 들어 땅에 묻은 남
자를 완전히 보지 않게 되는 순간이 있었으면 했어
요. 작가인 제가 그 순간을 원했기 때문에 그 순간
을 인위적으로 만들었는데, 그것이 소설에서는 우
연으로 여겨진다는 점이 무엇보다 마음에 들어요.
죽은 남자의 몸과 그의 몸속 어딘가에 아직 남았을
지 모를 숨을 깨끗하게 지워주고 싶었어요. 터무니
없는 일이어도 좋다고 생각하면서요.

강도회 작가님의 말을 들으니 떨어지고 있는 무언가를 보
는 일은 이미 떨어진 것을 보지 않는 일이라는 생
각도 듭니다. 본다는 것은 일부러 한곳에 초점을
맞추는 일이니까요. 이제 마무리할 시간인데요. 이
번 인터뷰를 계기로 작가님의 문장을 다시 한번 꼼
꼼히 읽고 궁금한 것을 여쭐 수 있어 즐거웠습니
다. 마지막으로 김채원 작가의 다음 소설을 기다릴
독자들에게 전하고 싶은 말씀이 있으실까요? 예전
보다는 덜 혼란한 마음으로 글을 쓰게 되었다고 하
셨는데 지금은 어떤 이야기들에 몰두하고 있는지

살짝 알려주시면 좋을 것 같아요. 감사합니다.

김채원   저도 건네주신 질문들 덕분에 다시 한번 소설에 대해 생각해볼 수 있어 감사하고 즐거웠습니다. 지금 가장 몰두해 쓰고 있는 이야기는 작은 신에 관한 이야기인데요. 한 아이가 작게 기도할 때 그 옆에서 작은 신이 태어났는데, 그 신이 언제 그 아이의 곁을 떠나는지 지켜보고 있어요. 아직 지켜보는 중이어서 이렇게 제 마음대로 요약해도 될까 싶지만 이후에 누군가가 이 소설을 읽고서 전혀 그런 이야기가 아니던데, 하고 생각한다면 그것도 재미있을 것 같아요. 열심히 쓰고 있으니 우연히 제가 쓴 소설을 마주하게 된다면 반갑게 읽어주시면 좋겠습니다.

귀신이 없는 집

위수정

2017년 『동아일보』 신춘문예를 통해 작품 활동을 시작했다. 소설집 『은의 세계』 『우리에게 없는 밤』, 중편소설 『fin』 등이 있다.

여름에는 장마랄 것도 없이 지나갔는데 10월이 되자 하루건너 비가 내리는 날들이 이어졌다. 재원은 우산도 쓰지 않고 횡단보도를 뛰어가는 여자를 눈으로 좇다가 신호가 바뀌는 것도 알아차리지 못했다. 뒤차가 경적을 울렸을 때에야 재원은 천천히 가속페달을 밟았다. 전방을 주시하고 도로를 달리면서도 재원의 시야에는 좀 전에 보았던 여자의 잔상이 남아 있었다. 비에 젖은 어깨에 찰싹 붙은 하얀 셔츠, 그리고 그 안에 선명하게 비치는 검은색 브래지어. 살구색 레깅스를 입은 매끄러운 하체는 뛸 때마다 탄력 있게 위아래로 흔들렸다. 레깅스를 벗으면 아마 그렇게 매끄러운 라인은 아니겠지.

주차를 한 뒤 차에서 내리자 한기가 끼쳐 외투 주머니에 손을 넣었다. 9월까지만 해도 기온이 떨어지지 않아 반팔 차림의 사람을 많이 볼 수 있었는데 며칠 비가 내린 후로 계절이 달라졌다. 여름옷도 정리하지 못한 채 외투를 꺼내야 했다. 하지만 좀 전의 여자는 가벼운 차림이었다. 아마 근처 피트니스 센터에 운동을 하러 가는 길이었을 것이다. 브래지어와 레깅스. 나일론과 스판덱스, 또는 폴리우레탄. 부드러운 촉감과 신축성에는 최적의 조합이라고 생각하며 재원은 엘리베이터에 올라 습관적으로 자신의 구두를 내려다보았다.

아내가 몇 개월 전 생일 선물로 보내준 짙은 브라운색의 이태리산 수제 윙 팁 구두. 오늘 처음 꺼내 신었는데 그래서인지 발볼과 뒤꿈치가 아팠다. 2주 정도는 매일 신어야 가죽이 발의 형태에 맞춰질 것이다. 이태리 사람들은 가죽을 참 잘 다룬다고, 신발 라인이 부드럽고 박음질이 견고하다고, 하지만 역시 브라운보다는 캐멀이 더 좋았을 거라고 생각하는데 엘리베이터 문이 열렸다. 재원은 반사적으로 발을 내딛다가 바깥에 서 있던 누군가와 몸이 부딪혔다. 아, 죄송합니다. 재원의 입에서 사과가 튀어나왔다. 파란 다저스 볼 캡을 눌러 쓴 남자가 재원을 빤히 바라보며 혼잣말하듯 내뱉었다. 놀래라. 앞집에 사는 남자였다. 남자의 눈은 쌍꺼풀이 짙고 약간 돌출되어 있어 항상 조금 놀란 사람처럼 보이는 인상이었다.

안녕하세요, 제가 딴생각을 하느라. 죄송합니다.

재원이 다시 고개를 숙였다. 퇴근하시나 봐요. 앞집 남자가 인사치레로 물었다. 둘은 민망한 듯 인사하며 어색한 웃음을 나누었다. 서로가 빨리 잊히기를 바라는 사람들처럼 시선을 피하며 고개를 돌렸다. 남자는 엘리베이터에 올랐고 재원은 몸을 돌려 현관문 앞으로 걸어갔다. 재원은 엘리베이터 문이 닫히기 전까지 남자가 자신을 바라보고 있다는 것을 느낄 수 있었다. 엘리베이터가 내려가는 소리를 듣자마자 재원은 뒤늦게 미간을 찌푸렸다. 그 시선과 냄새. 씻지 않은 몸에서 나는 수컷의 비린내. 게다가 보풀이 인 플리스 집업에 통이 넓은 반바지, 낡은 검정 러닝화. 외출을 위해 마지못해 대충 손에 잡히는 대로 걸친 것들. 아마 담배를 피우러 나가거나 마트에 가려는 것이겠지. 앞집에 사는 사람치고 자주 마주치는 편은 아니었으나 볼 때마다 그는 비슷한 차림이었다. 양치는 했을까? 재원은 문 앞에 놓인 택배 상자를 집어 들고 도어 록을 열어 안으로 들어갔다.

실내는 언제나처럼 고요했다. 이 적막이 낯설던 때가 있었다. 조기 유학 문제로 상미와 세라가 처형 부부가 사는 시드니로 떠난 뒤 몇 달간은 그랬다. 처음 시드니에 갈 때에는 셋이 함께였다가 서울에 돌아올 때는 혼자였다. 홀로 집에 돌아온 날을 재원은 기억했다. 아내나 딸이 수다스러웠던 것도 아닌데, 둘이 떠난 공간에 마치 적막이라는 낯선 세입자가 들어와 있는 것 같았다. 한동안은 둘의 얼굴을 보려고 거의 매일, 하루에도 몇 번씩 영상통화를 했다. 이제는 일주일에 한두 번, 그마저도 건너뛰는 때가 생겼다. 가족 채팅 방이 있었으나 내년에 열세 살이 되는 세라는 답을 잘 하지 않았다. 원래 말이 없는 편이긴 했지만 통화를 해도 응, 아니,가 전부였다. 상미는 세라가 적응을 잘하고 있으며, 보통의 사춘기를 지나고 있을 뿐이라고 했다. 세라를 따르는 아이들이 많다며 걱정하지 말고 당신이나 잘 지내라고. 그렇게 말하는 상미의 표정은 여느 때처럼 느긋하고 여유로워 보였다. 재원은 상미의 그런 점이 좋았다. 의지가 되었다. 그런 아내가 곁에 없어서 쓸쓸했으나 한편으로는 덕분에 은근한 해방감을 즐길 수 있었다. 은근한 해방감. 처음에는 그랬다. 은근했다. 그런데 지금은 적막과 가까워졌고 그것이 편하기까지 했다. 하지만 사람들이 기러기 아빠라고 부르는 말은 여전히 듣기 싫었다. 기러기, 아빠,라는 두 단어의 조합이 영 마음에 들지 않았다.

샤워를 마친 재원은 아무것도 걸치지 않은 그대로 욕실 앞의 체중계 위에 올라섰다. 재원은 숨을 멈춘 채 숫자가 정지하기를 기다렸다. 59.7킬로그램. 언제나 6백 그램 정도가 문제였다. 재원은 머릿속에 고기 한 근의 무게를 떠올렸다가 곧이어 붉게 썰린 돼지고기의 이미지가 겹쳐져 의식적으로 고개를 저었다. 178센티의 키에 60킬로그램은 누가 봐도 마른 편이었으나 재원은 만족스럽지 않았다. 59와 60은 당연히 달랐다. 58 정도가 이상적이라고 생각했지만 그렇게 빼면 얼굴이 보기 안 좋아졌다. 59와 60 사이. 59.5와 60은 크게 체

감되는 차이는 아니었으나 60에 닿지 않는 것이 재원이 정한 마지노선이었다. 재원은 저녁으로 맥주에 닭가슴살샐러드, 그리고 작은 컵라면 하나를 먹을 계획이었지만 맥주는 반 잔, 컵라면은 국물만 몇 모금 먹는 것으로 자신과 합의를 보았다.

식사를 하기 전에 재원은 택배 상자부터 열었다. 상자 안에는 후쿠스케 17데니어 검정 스타킹 두 켤레가 에어 캡에 싸여 담겨 있었다. 재원은 포장을 벗긴 후 조심스레 스타킹을 꺼내보았다. 매끄러운 스타킹이 차르륵 펼쳐지며 피부에 닿았다. 아름다운 실루엣과 감촉에 재원은 허기를 잊었다. 재원은 스타킹을 들고 침실로 들어갔다. 침대에 걸터앉아 스타킹의 형태와 촉감을 다시 한번 찬찬히 느껴본 후, 착용해보기 위해 상체를 구부렸다. 보드랍고 탄력 있는 스타킹에 발을 넣고 끌어당겨 올릴 때 피부에 느껴지는 은근한 조임. 재원의 아랫배가 천천히 달아올랐다. 다른 한쪽에도 발을 끼우고 스타킹을 조심스레 허벅지까지 올렸다. 17데니어 스타킹은 흔하지 않았다. 15데니어는 너무 얇고 20데니어도 나쁘지 않지만 17데니어가 좀더 미묘하게 투명했다. 처음 신어보는 후쿠스케 스타킹은 그 견고함이 저가 브랜드와는 신축성이나 촉감 면에서 확연히 차이가 났다. 최근 들어 시디 카페에서 눈여겨보고 있는 블로거가 추천 글을 올린 것을 보고 구매한 것이었다. 역시 다르긴 다르구나, 재원은 감탄하며 자신의 살을 덮고 있는 정교한 직물에서 한동안 눈을 떼지 못했다. 재원은 몸을 일으켜 스타킹을 허리까지 끌어 올렸다. 하지만 예상대로 스타킹은 골반쯤까지밖에 올라오지 않았다. 재원은 국내산이나 일본산 팬티스타킹을 신을 때마다 이 점이 아쉬웠다. 국내산은 보통 원 사이즈였고 이것도 가장 큰 사이즈지만 길이가 한 뼘 정도 짧았다. 재원은 올이 나가지 않도록 조심하면서 조금 더 힘을 주어 끌어 올려보았다. 성기와 치골에 기분 좋은 압박감이 전해졌다. 재원은 전신 거울 앞에 서서 맨몸에 검은색 반투명 팬티스타킹만 신은 자신의 모습을 빤히 바라보았다. 어느새 단단해진 성기가 스타킹 위로 빼꼼 올라왔다. 재원은 성기가 덮이도록 스타킹을 좀더 끌어 올렸다. 팬티를 입지 않아 성기와 음낭이 스타킹 아래로 비쳐 드러났다. 재원은 섬세하게 직조된 얇은 스타킹에 밀착된 자신의 성기를, 엉덩이와 다리의 굴곡진 라인을 이리저리 바라보며 몸을 쓰다듬었다. 피부를 직접 만질 때와는 다른 매끄러운 감촉에 매혹되었다. 재원은 몸을 돌려 침대 옆에 일렬로 진열해둔 구두 컬렉션 앞에 가서 섰다. 거기에는 열 켤레쯤 되는 270 사이즈의 구두가 나란히 줄지어 있었다. 재원은 구두를 쭉 한번 훑어본 뒤 검은색 스틸레토 힐에 발을 넣었다. 발은 마찰 없이 매끄럽게 구두 안으로 들어갔다. 7센티 힐을 신자 엉덩이는 자연스레 뒤로 빠졌고 상체가 앞으로 나와 몸의 라인이 달라졌다. 재원은 다시 거울 앞에 섰다. 그새 또다시 치골 부근으로 내려간 스타킹에 성기가 걸려 기묘한 모습이었다. 재원은 인상을 찌푸리며 성기를 바로잡았다. 다음에는 사이즈가 넉넉한 유럽산 스타킹을 주문하리라 마음먹었다.

재원은 이리저리 포즈를 취해가며 한참 더 자신의 모습을 응시했다. 여장을 아무리 잘해도 사람들은 자신이 남자라는 걸 금방 알아차릴 것이었다. 일단 어깨가 넓었다. 남자치고는 좁은 편이지만 여자라기엔 너무 넓었다. 그리고 무엇보다 여자와는 확연히 차이가 나는 목의 두께와 승모근. 여성복을 입으면 그 부분이 제일 도드라졌다. 아름답지 않았다. 재원은 일부러 입술을 깨무는 표정을 지어보았다. 여자들이 우울하거나 속상할 때 짓는 표정. 짧은 머리에 수염 자국이 거뭇한 사십대 중반의 남자가 여성용 팬티스타킹에 힐만 신은 모습이라니. 역시 기괴한가, 생각했으나 그래서 재원은 자신의 모습에서 눈을 떼기 힘들었다. 팔로 어깨를 감싸며 포즈를 취해보기도 했다. 재원은 자신의 이런 기이한 부조화에 매혹되었다. 여성용 의류나 구두를 착용하면 움직임은 물론이고 내면도 미묘하게 달라지는 것이 느껴졌다. 재원은 휴대폰으로 자신의 사진을 몇 장 찍은 후 단단하게 솟아올라 가라앉을 줄 모르는 성기를 쓰다듬으며 힐을 신은 채 그대로 침대에 누웠다. 스타킹을 조금 내렸다. 그리고 자신의 몸이 원하는 대로 천천히, 조금씩 격렬하게…… 마치 타인이 자신의 몸을 만지고 있는 것처럼 재원은 흥분했다. 그러다 절정의 순간에는 아내의 얼굴이 떠올랐다. 그것이 위안이 되었다.

재원은 구두를 다시 제자리에 두고 스타킹을 벗어 돌돌 말아 침대 밑 상자 안에 넣었다. 상미에게 배운 정리법이었다. 거기에는 서른 켤레가 넘는 스타킹이 다양한 빛깔로 정렬되어 있었다. 포장을 뜯지 않은 새것도 나란히 포개어 가지런히 두었다. 자신만의 이벤트를 끝낸 재원은 반바지에 티셔츠로 갈아입은 후 뉴스를 보며 식사했다. 식사를 마친 뒤에는 서재 컴퓨터 앞에 앉아 시디 카페에 들어갔다. 시디는 크로스드레서의 이니셜을 따서 부르는 은어였지만 은어라기에는 이제 꽤 많은 이가 알고 있었다. 재원은 여러 카페를 떠돌면서 필요한 정보들을 얻었고 자신과 비슷한 성향의 사람들이 올리는 글을 보며 시간을 때웠다. 그러다 눈에 띄는 이가 있으면 아이디를 클릭해 블로그에 들어가보기도 했다. 하지만 사진을 주고받거나 개인적인 정보를 노출하는 일은 경계했다. 무엇보다 재원은 그들을 보면서도 동질감을 느끼지 못했다. 성향 차이도 있었지만 흥미가 돋을 만큼 매력적인 시디를 찾기도 힘들었다.

재원은 맥주를 반 잔만 마시기로 했던 자신과의 협상을 별 고민 없이 깨버리고 마지막 한 모금까지 쭉 들이켰다. 짜릿하고 시원한 감각이 위장으로 퍼져나갔다. 배를 긁으며 긴 트림을 한 뒤 아내에게 영상통화를 걸었다. 신호가 얼마 가지 않아 볼이 상기된 상미의 얼굴이 화면에 등장했다. 안녕? 벌써 퇴근했어? 상미가 물었다. 외근 갔다 바로 퇴근했지. 뭐 해? 재원이 되물었다.

와인 한잔했더니 졸려.

와인? 거기 이제 8시 아니야? 세라는?

친구네 파자마 파티.

또?

사춘기잖아. 저녁은 뭐 먹었어? 서울 이제 춥다던데.

상미가 말을 돌리는 것을 눈치챘지만 재원은 모른 척 저녁 메뉴와 몸무게에 대해 말했고 세라의 학교생활과 둘의 귀국 일정에 대해 이야기를 나누었다. 별일 없지? 말끝에 상미가 물었다. 그렇지 뭐. 재원이 낮게 웃으며 말했다. 박재원, 너무 재밌게 있지는 마. 재원은 상미가 하는 말의 의미를 알고 있었다. 그래, 당신도. 아니다, 하상미는 재밌게 지내. 재원의 말에 상미가 코웃음을 치며 말했다. 사진이나 보내봐. 재원은 오케이 사인을 보낸 뒤 전화를 끊고 좀 전에 거울 앞에서 찍은 사진 중 한두 장을 골라 전송했다. 잠시 뒤 상미에게서 문자가 도착했다. 하여간 못 말려. 근데 이제 좀 자제해. 돈 들어갈 데 많아서 머리 아프다. 여기 물가 장난 아님. 문자에서 상미의 목소리가 들리는 것 같았다. 심드렁한 뉘앙스. 재원은 김이 빠졌다. 보고 싶어. 재원의 메시지에 상미는 한참 지나서야 답했다. 그러게. 재원은 이어서 메시지를 쓰다 지우고 하트 이모티콘 하나를 보내는 것으로 대화를 마무리했다.

14년 전, 오랜 연애 끝에 청혼을 한 사람은 상미였다. 상미는 반지 대신 고급스러운 란제리 박스를 내밀었다. 박스를 열자 스팽스의 화려한 가터벨트와 브래지어가 들어 있었다. 그날 상미는 흰 셔츠에 검은 슈트 차림이었다. 상미는 재원의 옷을 하나씩 벗긴 후 검은색 실크 속옷을 입혀주었다. 상미는 펨돔, 재원은 멜섭이 되어 주인과 노예의 관계를 즐겼다. 뜨거운 시간을 보낸 뒤 상미는 재원의 얼굴을 쓰다듬으며 말했다. 여장이 섹시한 건, 자기가 남자라서야. 상미의 말에 재원은 고개를 끄덕였다. 상미는 재원에게서 얼굴을 조금 떨어뜨린 뒤 말을 이었다. 자기 이러다 남자한테 꼴리면 어쩌냐. 난 그게 걱정인데.

너는? 나도 너 레즈 될까 봐 걱정인데? 재원은 웃으며 상미의 가슴을 쓰다듬으려 했다. 상미는 재원의 손을 잡으며 진지하게 물었다. 너, 네가 남자인 거, 그걸 잊지 않을 자신이 있으면 나랑 결혼해. 재원은 아무런 고민 없이 고개를 끄덕였다. 그건 잊을 수 있는 게 아니야. 상미의 손이 느슨해졌고 재원은 상미에게 키스를 했다. 상미가 새끼손가락을 내밀자 재원은 망설임 없이 자신의 손가락을 걸었다. 우리끼리만이야.

그래, 우리 둘이만.

14년 전의 그 강렬했던 기억을 떠올릴 때면 재원은 그날 밤이 당장 손에 닿을 정도로 가까이 있는 물체처럼 여겨졌다. 팔을 뻗으면 잡을 수 있는 유리컵이라든가 안경 같은. 하지만 과거를 만질 수 있을 리가. 그것보다 불가능한 일이 있을까. 재원은 물이 반쯤 비워진 컵을 손으로 꽉 쥐어보았다. 이것은 가능하다고 말할 수 있나. 이런 엉뚱한 생각에 빠지면 모든 게 뒤죽박죽되었다. 익숙하고 당연한 것들이 저 멀리 달아나는 듯 혼란해졌다. 재원은 최근 들어 유난히 과거의 이미지가 자주 떠올랐다. 그날 밤이 14년 전이라니. 이건 뭔가 이상하다. 이상해. 하지만 회사에서 비슷한 연배의 동료나 선배 들과 대화를 하면 그들도 재원과 똑같이 말했다. 그게 벌써. 우리가 어느새. 이상하다. 이상해. 이상하게도 그런 짧은 수긍의 순간, 재원은 그들에게 자신을 내보이고 싶은 충동이 올라오곤 했다. 사실은 제가 오늘 끝내주는 여성용 브리프를 입고 왔거든요. 보여드릴까요? 그리고 바지를 내린다. 그러면 그들은, 깨순이추어탕 없어진대, 아 진짜? 그럼 이제 또 어딜 가나, 거기에 또 뭐 생기겠죠, 하는 것과 다름없는 기승전결로, 깜짝이야! 미친놈이네 이거, 근데 은근 잘 어울린다, 요즘 세상에 마음대로 옷 입을 자유는 있어야지, 이 21세기 문화를 선도하는 글로벌 K-컬처의 구성원으로서……라고 말하며 수긍해주지 않을까. 완전한 인정까지는 아니더라도, 어쩌면 조금도 이해하지 못하더라도, 그저 뭐 그런가 보다, 하고 넘어가는 수준으로 무심하게. 간혹 재원은 정말로 보여주고 싶을 때가 있었다. 아니, 말이라도 해보고 싶었다. 이게 뭐 대단한 일이라고. 범죄도 아니고. 그냥 모양이 다른 옷을 입는 것뿐인데. 각각의 다리를 따로 꿰어야 하는 곳을 하나로 트고 이어서 입는 것이 스커트일 뿐인데. 좀더 화려하고 디자인이 다른 천을 피부에 두르는 게 여성용 속옷일 뿐인데. 일종의 취향이라고 생각하면 안 될까. 스트라이프 무늬는 절대 입지 않는다든가, 흰 양말을 신느니 맨발로 다니겠다라든가, 하는 것과 엄청나게 다른가. 게다가 너네도 군대에서 타이츠나 레깅스 정도는 입어본 적 있지 않냐고, 따듯하고 좋지 않았냐고…… 물어도 괜찮지 않을까.

혹시 시디라고 들어봤어?

오랜 시간 회사에서 호형호제하며 지냈던 이들과의 술자리에서 재원이 물었던 적이 있다.

시디? 시디플레이어에 넣는 그거? 하며 작게 동그라미를 그리던 동기.

아니 그게 아니라.

양도성예금증서 말씀하시는 거예요?

뭐? 그게 뭔데? 옆에 있던 후배의 말에 재원이 도리어 되물었다.

크리스챤 디올? 맞죠? 이것은 명품 마니아 후배의 말.

그들은 동시에 재원을 바라보았다. 재원은 그날의 그 눈들을 기억했다. 그 눈에서 느껴지던 표정을. 눈에는 어째서 감정이 깃들어 있는 걸까. 눈을 바라보면 어째서 그것을 느낄 수 있는 것인가. 눈에는 망막과 수정체가 있고 사람마다 각각의 색과 모양이 조금씩 다르긴 하지만 그저 신체의 일부일 뿐인데. 조도에 따라 동 공이 축소 확장 될 뿐인데. 그날 재원은 정말로 자신의 취향을 고백할 수 있으리라고는 생각지 않았다. 다만, 내 친구의 친구가, 글쎄 어렸을 때 사촌 여동생들이랑 명절에 만나면 서로 옷을 바꿔 입고……로 시작하는 이야기 정도는 할 수 있지 않을까 기대했다. 하지만 답을 기다리는 그들의 눈동자를 보고는 피식 웃으며 작게 답했다. ……콘돔.

재원은 다시 책상으로 가 컴퓨터 앞에 앉았다. 후쿠스케 스타킹을 추천한 그 크로스드레서의 블로그에 새 글이 업로드된 것을 발견했다. 제목은 "귀신이 없는 마을".

옛날 헤이안 시대 교토에는 코요紅葉라는, 귀족 집안의 아름다운 여성이 있었다. 코요는 황족의 총애를 받았으나 주변 사람들의 질투로 인해 황족을 독살했다는 누명을 쓰고 교토에서 추방되어 미즈세라는 시골 마을로 유배되었다. 코요는 마을 사람들에게 도시의 문화와 글, 의술 등을 가르쳤고 마을은 점점 번성했다. 이후 코요는 병사를 모아 도시를 만들 생각까지 하게 되었다. 사람들은 이런 코요를 귀녀鬼女라고 불렀다. 조정에서는 그를 위험하다고 생각해 그곳을 토벌하라는 명령을 내렸다. 코요는 마을 사람들의 도움을 받아 피해 다녔지만 결국 서른셋의 나이로 생을 마감하게 되었다. 귀녀는 그렇게 그곳에서 사라지게 되었다. 그후로 그곳은 '귀신이 없는 마을'이라는 의미의 기나사鬼無里라는 이름으로 불리게 되었다. 이것은 지금의 나가노 현에 위치한 기나사라는 지역에서 전해 내려오는 이야기로…… 제게는 일본인 시디 친구가 있습니다. 그 친구가 제게 코요라는 이름을 붙여줬어요. 풀업 정모도 좋고 남녀 불문 러버도 기다립니다. 댓글이나 쪽지 주세요.

코요. 홍엽. 붉은 잎이면 단풍을 말하는 건가. 코요는 재원이 그동안 본 크로스드레서 중에 손에 꼽을 만큼 취향이 좋았다. 코요는 미혼에 바이섹슈얼이었다. 블로그에 올린 글과 사진을 토대로 짐작해본 결과 그는 재원보다 훨씬 어린 게 분명했다. 어렸을 때 일본에서 지낸 적이 있고 그곳에 친구도 꽤 많이 있는 듯했다. 그리고 무엇보다 외모가 뛰어났다. 블로그에 올린 사진은 비록 서너 장뿐이었지만 남자임에도 얼굴 골격이 부드럽고 피부는 뽀얬다. 화장술이 좋은 건지 포토샵 기술이 좋은 건지는 알 수 없었으나 누가 봐도 매력적인 외모였다. 아담한 키에 마른 몸매라 니트 원피스도 잘 어울렸다. 하지만 재원이 그에게 끌린 것은 그가 남자라는 사실을 특별히 감추려고 애쓰지 않기 때문이었다. 목울대를 가리기 위한 스카프도 하지 않았고 맨얼굴에 상의를 탈의한 사진도 있었다. 자신의 정체성을 과하게 드러내지도 감추지도 않는 자신감이 재원은 부러웠다.

재원은 기나사라는 한자를 한참 바라보았다. 귀무리. 귀신이 없는 마을. 번영의 시절을 보내던 사람들은 코요가 죽은 뒤, 고요한 쇠락을 맞았을 것이다. 생기와 희망을 불어넣어준 사람에게 귀녀라니. 재원은 묘한 이야기라는 생각을 하며 모니터 옆에 놓인 거울에 얼굴을 비춰 보았다. 입술에 각질이 일어나 있는 것을 보고 립 밤을 찾아 발랐다. 재원은 다시 모니터로 시선을 돌려 충동적으로 아이디를 클릭한 뒤 쪽지 창을 열었다. 안녕하세요, 언제 시간 되시면 같이 풀업,까지 쓴 후 화면을 가만히 바라보았다. 재원은 자신이 쪽지를 전송하지 않으리라는 사실을 이미 알고 있었다.

주말 오후 재원은 마트에 장을 보러 들렀다. 할인 행사를 하는 맥주나 처음 보는 치즈 따위를 사는 재미가 있었다. 가족들이 함께 와서 장을 보는 모습에 간혹 시선을 뺏기기도 했다. 재원은 필요한 물건들을 골라 담은 뒤 의류 코너를 향해 천천히 카트를 밀었다. 매장에는 겨울 상품들이 진열되어 있었다. 재원은 파자마를 이리저리 훑어보며 손으로 천의 감촉을 느껴보았다. 대형 마트에 입점된 브랜드 제품들은 저렴하면서도 디자인이 다양해 가성비가 좋았다. 재원은 연한 하늘색 줄무늬 면 파자마와 회색 수면 양말을 골랐다. 이어서 여성용 언더웨어 코너로 눈길을 돌렸다. 편안한 차림으로 장을 보러 나온 여자들이 무심한 얼굴로 잠옷과 속옷 따위를 고르고 있었다. 재원은 여자들의 얼굴을 흉내 내어 덤덤한 척 한 발짝 떨어져 물건들을 훑었다. 그러다 살구색 슬립이 눈에 들어왔다. 살구색은 평소에 촌스럽다고 생각했는데 며칠 전 길에서 살구색 레깅스를 입은 여자를 본 뒤로 비슷한 색깔의 속옷이 갖고 싶어졌다. 사이즈를 찾고 있는 재원을 향해 직원이 다가왔다. 도와드릴까요? 재원은 고개를 들어 여유로운 미소로 답했다. 이거, 엑스라지 사이즈 있습니까? 직원은 익숙한 손길로 물건을 찾아 재원에게 내밀며 말했다. 자상하셔라. 잘 고르셨네요. 재원은 쑥스러운 얼굴로 감사하다는 인사를 남긴 뒤 자신의 연기에 만족하며 카트를 돌려 나왔다. 그 순간 재원은 익숙한 얼굴을 마주쳤다. 그리고 잠시 어리둥절했다. 생각지 못한 곳에서 낯익은 얼굴을 만나면 머리가 잠깐 멈춘다. 누구더라. 쌍꺼풀이 짙고 안구가 돌출되어 항상 조금 놀란 표정으로 보이는 눈…… 앞집 남자. 남자 역시 재원을 보고 걸음을 멈추었다. 둘은 짧은 순간 서로를 응시했다. 그러다 남자가 먼저 재원을 향해 눈인사를 했다. 재원은 놀람을 반가움으로 급히 위장하느라 목소리가 커졌다. 안녕하세요. 하지만 남자의 표정은 크게 달라지지 않았다. 장 보러 오셨나 봐요. 남자의 돌출된 눈이 재원의 카트 안을 바라보았다. 아, 예. 아내가 뭐 좀 사다 달라고 해서요. 재원은 당황한 나머지 불필요한 말을 했다고 금방 후회했다. 그럼 들어가세요, 하며 얼른 카트를 밀고 지나치는데 며칠 전과 마찬가지로 그의 시선이 따라오는 것이 느껴졌다. 재원은 뒤를 돌아 확인하고 싶었다. 그가 정말 자신을 보고 있는지. 보고 있다면? 보고 있다면, 물어볼 수 있을까. 왜요? 뭘 보는 건데요? 하지만 재원은 끝까지 뒤돌아보지 못했다. 대신 속도를 줄이고 천천히 움직였다. 당황한 기색이 드러나지 않도록 최대한 느긋하고 유연하게. 무빙워크에 올라 아래층으로 내려가며 슬쩍 고개를 돌려 바라보기까지 재원은 여러 번 망설였다. 뭔가를 찾는 척 시선을 멀리 하며 그의 위치를 가늠해보았다. 다행히 자신을 주시하는 시선 같은 것은 없었다. 주위는 적당한 소음과 편하게 물건을 사는 사람들로 평온하게 유지되고 있었다. 재원은 그제야 겨드랑이가 땀으로 젖어 있는 것을 알았다. 카트 안에 있는 살구색 슬립이 불길하게 여겨졌다. 그 새끼. 그 냄새나는 놈이. 왜 자꾸.

재원은 카운터로 향해 반품 매대에 슬립을 올려둔 뒤 다른 생필품만 계산해 집으로 돌아왔다. 아내가 뭐 좀 사다 달라고 해서요. 아내가. 재원은 남자가 묻지도 않았는데 자신이 꺼낸 변명을 곱씹었다. 자책했다. 멍청하기는. 란제리를 산 것이 앞집 남자와 무슨 상관이란 말인가. 이상하게 생각하건 말건 나와 무관한 사람인데. 재원은 생각에서 벗어나려 애썼으나 잘되지 않았다. 침대에 누워 뒤척이다 아내에게 영상통화를 걸었다. 신호가 한참 간 뒤에야 상미의 얼굴이 나타났다. 재원은 마트에서 있었던 일을 전했고 상미는 재원의 이야기를 들으며 와인을 마셨다. 그래서, 자꾸 찜찜한 기분이 들어서 잠이 안 와.

자기 혼자 괜히 그러는 거 같은데. 그 사람은 기억도 못 할걸.

아니야, 그놈이 내 카트 안을 유심히 봤다니까. 촉이라는 게 있잖아.

와이프 거라고 했다며.

그러니까. 내가 왜 그런 말까지.

상미는 가볍게 한숨을 내쉰 후 와인 잔을 입으로 가져갔다. 재원은 상미가 와인을 마시는 모습을 지켜보았다.

자기 요즘 너무 많이 마시는 거 아니야? 맨날 와인이네.

상미는 와인을 한 모금 넘긴 후 잔을 내려놓고 혀로 입술을 핥았다. 그러고는 재원을 향해 입을 열었다.

이제 슬슬 그만두는 게 어때?

뭘?

뭐긴.

예상치 못한 말에 마땅한 답을 찾지 못한 채 상미의 얼굴만 멀거니 바라보았다. 상미는 예의 그 느긋한 얼굴로 조용히 재원을 응시했다. 그러다 작게 하품을 하면서 다시 술잔을 들었다. 저녁 햇살이 술잔을 통과하며 반짝였다. 그 순간, 재원은 아내가 아주 먼 곳에 있다는 사실을 체감했다. 시간이 다르고, 계절도 반대로 흘러가는, 아주 먼 곳. 세라는? 세라는 자나? 재원이 말을 돌렸다. 세라는 자. 오늘도 수영장에서 신나게 놀았거든.

세라 좀 보여줘. 재원의 말에 상미는 천천히 손가락을 들어 코를 긁었다. 내 말 들려? 상미는 술잔을 들어 또다시 한 모금을 마신 뒤, 응, 하고는 자리에서 일어났다. 걸을 때마다 화면이 흔들렸다. 재원은 침대에 누운 채 상미가 걸어서 세라의 방에 들어가는 모습을 지

커보았다. 방 안으로 들어서자 화면이 어두워졌다. 재원은 몸을 일으키고 화면을 주시했다. 잠시 뒤 희미하게 세라의 얼굴이 화면에 잡혔다. 재원의 입꼬리가 올라갔다. 어둠 속에서 보이는 딸의 감은 눈, 동그란 코, 작은 입술. 눈을 깜빡이기라도 하면 딸이 사라지기라도 하는 듯, 재원은 집중해서 화면 속의 세라를 바라보았다. 상미가 세라의 옆에 누웠다. 작은 화면 안에 아내와 딸이 함께 보였다. 잘 자네. 그새 또 컸지? 재원이 묻자, 같이 있어도 크는 게 보여, 자긴 놀랄걸, 상미가 속삭였다.

벌써 놀라고 있어.

그러니까 이제 접어.

뭘?

싫으면…… 나 있을 때만 하든가.

너도 그럼 술 끊어. 나 있을 때만 마시든가.

재원의 말에 상미는 코웃음을 쳤다.

그게 같아? 이제 품위를 좀 지키자.

통화를 마친 뒤 재원은 휴대폰을 든 채 눈을 감았다. 상미의 말이 머릿속을 채웠다. 뒤늦게 볼이 달아올랐다. 이 수치심은 어디에서 기인하는 것인가. 재원은 자신이 느끼는 감정의 원인을 찾아보려 했으나 머리가 돌아가지 않았다. 불을 꺼야 한다고 생각했지만 재원은 그저 팔을 들어 눈을 가렸다.

세라를 낳고 키우면서도 재원은 자신의 성향을 심각하게 고민하지 않았다. 여장을 하고 상미와 둘만의 유희를 즐길 때에도 죄책감이 들지 않았다. 이건 그저 둘의 사생활이니까. 성인이고 부부니까. 그만두려면 얼마든지 아무 때나…… 둘은 서로 살을 맞대고 누워 그들의 미래에 대해 속삭이고는 했다. 세라가 나중에 여자가 좋다고 하면 어떡할래? 존중해줘야지. 에이섹슈얼이라고 하면 어떡할까? 존중해줘야지. 성을 전환하겠다고 하면? 아, 그건 괴로운데, 그래도 힘이 돼줘야지. 자기는 좋은 아빠야. 자기는 좋은 엄마지. 둘은 자주 이런 식의 문답 놀이를 즐겼다. 둘은 의견이 잘 맞았다. 재원은 아내의 눈을 바라보며, 자신은 운이 좋은 사람이라고 생각하곤 했다. 그런데, 갑자기? 가장 가까운 이로부터 무시를 당한 느낌. 아내는 그저 자신을 걱정했을 뿐인데,라고 생각하려 해도 마음 깊은 곳에서는 자꾸 다른 말이 들렸다. 나를 한심하게 보고 있었나. 영상통화를 하면서 보았던 그 나른한 눈빛들이 떠올랐다. 피식 웃는 상미의 웃음도 습관이 아니라 의미가 있는 거였나. 나를 비웃는 거였나. 그러면, 세라를 데리고 시드니로 가겠다고 한 것도…… 아니다. 말이 없는 세라는 여기에서 학교에 다닐 때 적응을 잘하지 못했다. 상미는 이 사회가 세라에게 적응할 생각이 없는 거라고 했다. 세라 잘못이 아니라고. 그때 재원은 상미를 나무랐다. 사회가 우리한테 적응을 왜 하냐? 재원은 상미와 다투었던 그날을 떠올렸다. 내 잘못이라고 생각하는 건가. 그래서 나를 두고. 재원은 침대에서 몸을 일으켰다. 설마. 이건 망상이다. 언제나 망상이 관계를 망치지. 아, 이게 다 그 불길한 놈 때문이다. 그 눈. 그 툭 튀어나온, 놀란 망둥이 같은, 불쾌한 냄새를 풍기는⋯⋯

재원은 책상에 앉아 컴퓨터를 켰다. 시디 카페에 들어가 스크롤바를 내렸다. 지금 시디 바 오프 가요, 핑크 가발 팝니다, 풀업 봐주실 분, 경북 러버 계신가요, 주말에 외출하실 분. 카페는 언제나처럼 서로 만나고 싶어 하는 이들로 북적였다. 이런 사람들이 북적이고 있다는 것을 대부분은 모를 것이다. 컴퓨터 창을 끄면 사라지는 세계. 몰라도 되는 세계. 어쩌면, 없는 것이 나은 세계. 재원은 카페의 글을 하나씩 눈으로 훑으며 자신은 언제부터 이런 세계에 발을 들이게 됐는지 기억을 되감아보았다. 그래봤자 특별한 건 없었다. 가까웠던 이종사촌 자매와 명절 때 만나 방에 들어가 함께 놀았던 기억 정도였다. 자매 중 재원보다 네 살이 많은 누나는 재원의 머리에 핀을 꽂아주었고 자신의 원피스를 입혀주기도 했다. 신기하게도 재원은 그것이 불쾌하거나 부끄럽지 않았다. 오히려 셋이 원피스를 입고 모여 앉아 서로 머리를 빗어주던 그 순간이 포근한 추억으로 남아 있었다. 물론 십대로 접어든 이후로 셋은 결코 그런 식으로 놀지 않았다. 한번은 사촌들에게 그때의 이야기를 꺼낸 적이 있었는데 둘이 깔깔 웃으며 그 당시 재원이 얼마나 우스꽝스러웠는지에 대해 농담처럼 말해서 혼자 머쓱했던 기억이 있다. 재원은 이런저런 생각에 빠져 기계적으로 스크롤바를 내리다가 코요의 블로그에 접속했다. "할로윈 풀업 만남"이라는 제목의 글이 올라와 있었다.

일 년 중 단 하루. 다가오는 할로윈에 풀업 외출 함께 하실 분은 댓글 달아주세요.

불과 몇 분 전에 올라온 글이었고 아직 댓글은 하나도 없었다. 재원은 이것이 어쩌면 운명일지도 모른다는 착각에 빠져 충동적으로 댓글을 썼다.

저는 시스 헤테로 취미 여장러입니다. 저 같은 사람도 함께 가능할까요. 외롭습니다,까지 썼다가 외롭습니다,는 삭제했다. 그리고 등록 버튼을 눌렀다. 이제 보내지도 않을 글을 썼다 지우는 일은 그만하겠다고 다짐했다. 하지만 재원은 금방 후회했다. 얼른 자신의 흔적을 삭제하기 위해 블로그에 들어갔는데 그새 답글이 달려 있었다. 재원은 침을 삼켰다. 안녕하세요, 보위 님. 당연히 가능합니다. 부담 갖지 마세요. 우리 편하게 연락해요. '우리'라는 말에 재원의 시선이 머물렀다. 두려움과 매혹은 왜 항상 함께일까. 재원은 코요가 보낸 짧은 메시지를 몇 번이나 다시 읽었다. 그 후로 며칠간 둘은 메시지를 주고받았다. 코요를 정말 만날 생각은 없다고 믿었는데 이야기를 주고받다 보니 친구를 사귄 것처럼 설렜다. 둘은 서로의 안부를 묻고 취향을 공유했다. 코요는 마르지엘라와 생로랑을 좋아한다고 했고 그것만으로도 호감이 갔다. 코요도 재원에게 이런저런 것을 물어왔다. 재원은 자신의 신상에 대한 정확한 정보는 교묘하게 피하는 방식으로 답을 했다. 향수는 톰포드 좋아해요. 저는 사십대 중반. 화장은 안 해봄. 직장 다녀요. 지금은 혼자 지내요……

재원은 출근해 일을 하면서도 자주 코요를 떠올렸다. 밥을 먹거나 샤워를 하다가도 혼자 미소를 짓다가 자신이 대체 무슨 얼빠진 짓을 하는 건지 고개를 흔들기도 했다. 당장 댓글을 지우고 없었던 일로 해야지. 계정을 폭파해야지. 만나본 적도 없는데. 이름도 모르는데. 이 험한 세상에. 그러다 블로그에 들어가 둘이 나눈 대화를 쭉 훑어보면 마음이 바뀌었다. 그동안 재원이 비밀을 공유하는 이는 아내가 유일했고 그것으로 만족하는 법을 익혀왔는데…… 아니, 익힌다는 생각도 없이 그것만이 유일한 세계였는데.

오프 잡을까요?

코요의 메시지를 본 순간 재원의 심장이 투둑투둑 뛰었다. 둘은 홍대 근처에 위치한 시디 바에서 핼러윈 주말에 만나기로 했다. 재원은 이 약속을 심각하게 생각하지 않으려고 애썼다. 오프 만남이라는 게 그런 거 아닌가. 약속을 정해도 안 나가면 그만인 것. 그러면서도 무슨 옷을 준비해 갈지 구상하는 시간이 즐거웠다. 재원은 단 한 번도 여장을 하고 밖에 나가본 적이 없었다. 이 일에 대해 상미와 의논을 할까 몇 번이나 망설였지만 하지 않기로 했다. 상미와는 비밀이 없었으나 이번만은 예외로 하기로 마음먹었다. 재원은 스스로와 타협했다. 나중에 때가 되면 고백하기로. 그러니 이것은 거짓말이 아니다. 그렇게 생각하자 마음이 한결 편해졌다.

코요와의 만남을 기다리면서 재원은 평소보다 자주 콧노래를 흥얼거렸고 회사 동료들은 좋은 일이 있냐고 물어왔다. 있겠냐? 재원이 말하면 동료들은 피식 웃고 말았다. 좋은 일이 없어서 안도하는 사람들 같았다. 일어서면 보이는 그 까만 머리통들을 바라보며 재원은 생각했다. 이들도 숨기고픈 비밀이 있겠지. 비밀이 깊

을수록 생기가 도는 것인가. 피폐해지는 것인가. 둘 다인가.

　며칠 뒤 택배 봉투 하나가 현관문 앞에 도착해 있던 날이었다. 봉투는 누가 대충 던져둔 모양으로 방치돼 있었다. 모서리에 신발 자국이 찍혀 있었다. 재원은 봉투를 집어 들었다. 송장에는 '마릴린_XL'이라는 상품명이 인쇄되어 있었다. 재원은 기분 나쁜 예감에 빠졌다. 앞집 남자가 이걸 보았을 것 같았다. 간혹 그런 촉이 올 때가 있었다. 좋은 예감은 잘 맞지 않았으나 나쁜 예감은 거의 언제나 맞았다. 상미는 재원이 그럴 때마다 고개를 저으며 대수롭지 않은 얼굴로 말하곤 했다. 그런 걸 선택적 기억 효과라고 하지. 배운 사람이 왜 이러실까. 그날 저녁, 재원은 상미에게 전화를 걸었지만 받지 않았다. 재원은 점점 기분이 나빠졌다. 느릿느릿 와인 잔을 들어 입으로 가져가는 상미의 얼굴이 떠올랐다. 세라에게 걸어볼까, 하고 통화 버튼을 누르려는데 화면에 아내의 이름이 떴다.

　왜 전화를 안 받아.

　세라 생리 시작했다.

　뭐라고?

　우리 세라 여자 됐다고.

　세라가? 아니, 아직 애긴데.

그건 당신 생각이고. 난 세라보다 한 살 빨리 시작했어. 그날이 아직도 생생한데……

재원은 상미의 말이 더 이상 귀에 들어오지 않았다. 재원은 세라를 바꿔달라고 했다. 오버하지 마. 세라 성격 알잖아. 상미가 낮게 말했다.

알지 그럼. 내가 걔 아빤데. 얼른 바꿔봐. 잠시 뒤 들려오는 소음들에 재원은 귀를 기울였다. 아빠가, 아니왜, 세라야, 어서, 누군가의 한숨 소리와 뭔가를 떨어뜨리는 소리의 조각들에 재원은 신경을 곤두세웠다. 세라야. 재원이 휴대폰에 대고 몇 번이나 이름을 부른 뒤에야, 여보세요, 하는 가늘고 익숙한 목소리가 재원의 귀에 닿았다.

아빠야.

응, 아빠. 안녕하세요.

잘 지냈어, 우리 딸?

뭐, 그럭저럭.

그럭저럭? 재원은 웃음을 터뜨렸지만 웃겨서라기보다는 딸에게 웃음소리를 들려주고 싶어서였다. 재원은 아무렇지 않은 듯 일상적인 질문을 던졌고 세라는 평소처럼 짧게 답했다. 그래서, 오늘 축하할 일이 있더라고. 아빠는 세라가 정말……

아빠. 세라가 재원의 말을 끊었다. 응?

그만하면 안 돼?

약속 당일 재원은 샤워를 하며 면도기로 다리와 겨드랑이 털을 밀었다. 몸에는 코요가 추천한 향이 좋은 보디 오일을 신경 써서 발랐다. 침대 밑의 박스에서 칼제도니아 망사 스타킹을 꺼내어 신었다. 그리고 그 위에 양말을 덧신었다. 나머지 물건들은 조심스레 가방에 넣었다. 여기에서 입고 나갈 수는 없는 것들. 핼러윈 코스프레를 위해 주문한 매릴린 먼로 스타일의 홀터넥 원피스와 금발 가발, 베이지색 힐. 코요의 말에 따르면, 그 시디 바에는 소위 업방이라고 부르는 메이크업 룸이 있다고 했다. 재원은 면바지에 피케 셔츠를 입고 트렌치코트를 걸쳤다. 외출 준비를 하면서도, 여기서 그만둘까, 몇 번이나 고민했다. 하던 일을 멈추고 치킨을 시키자. 그리고 맥주를 마시며 넷플릭스를 켜는 거야. 먼로 옷을 입고 셀카를 찍어 상미에게 보내자. 상미는 시큰둥해하겠지만 그래도 핼러윈이니 웃어줄 것이다. 회식이 취소되었다고 하면 좋아하겠지. 그렇게 평온하게 하루를 마무리할 수 있다. 시드니에서도 오늘 핼러윈 파티가 있다고 했다. 세라는 무슨 옷을 입는다고 했더라. 스폰지밥이랬나. 상미는 원더우먼 코스튬을 샀다고 했다. 원더우먼과 매릴린 먼로 사이에 스폰지밥. 셋이 나란히 선 장면을 머리로 그리며 재원은 즐거워졌다. 하지만 그런 사진은 찍을 수 없겠지. 아니다. 핼러윈이라면 가능할지도. 기괴하고 우스꽝스러운 모습을 모두가 허용해주는 날이니까. 서로 바라보며 유쾌하게 웃어주는 날이니까. 그 안에 누가 있는지 궁금해하지 않는 날이니까.

해가 지기 전인데도 지하철역은 인파로 숨이 막힐 지경이었다. 젊은이들로 북적일 거라고 생각은 했지만 예상보다 훨씬 많은 사람이 앞뒤로 꽉 차 있어 재원은 역 바깥으로 나가는 데에도 꽤 오랜 시간이 걸렸다. 쌀쌀한 날씨에도 브라 톱에 쇼트 팬츠를 입은 여자들이 흔했고 기괴한 가면을 쓴 이도 많았다. 버스킹을 하는 뮤지션들, 구경꾼들, 그들을 통제하는 안전 요원들로 길거리는 빈틈이 없어 보였다. 왠지 모를 불안감을 누르며 재원은 커다란 가방을 어깨에 메고 종종걸음으로 약속 장소로 향했다. 낡은 빌딩 지하에 위치한 술집은 중심 거리에서 한두 블록 떨어진 골목에 있었다. 방금 본 인파는 착각이었던가 싶게 골목은 한산했다. 재원은 실제로 코요를 만난다고 생각하자 손에 땀이 났다. 바지에 손바닥을 몇 번 문지른 후 계단을 내려갔다. 그 순간에도 재원은 그냥 돌아갈까, 생각했지만 몸은 그대로 움직여 가게 입구의 유리문을 밀고 있었다. 한산

한 골목과 달리 가게 안은 손님으로 북적였다. 여장을 한 남자들과 평상복을 입은 남자들이 비슷한 비율로 섞여 있었다. 개중에는 여자들도 보였다. 사람들의 시선이 재원을 훑었고 재원은 눈 둘 곳을 찾지 못해 휴대폰을 꺼내 들었다. 유리문 하나를 밀고 들어왔을 뿐인데 다른 세계로 진입한 느낌이었다. 재원이 전화를 걸자 바에 앉아 있던 누군가가 재원을 향해 손을 들었다. 재원은 코요와 처음으로 눈이 마주쳤던 그 순간을 시간이 흐른 뒤에도 오랫동안 기억했다. 코요의 그 호기심에 반짝이던 눈빛을. 그리고 얼마 가지 않아 차갑게 식어버리던 얼굴을.

재원은 코요를 알아보지 못했다. 코요가 손을 들어 자신을 알렸음에도 재원은 어리둥절한 표정으로 그를 바라보았다. 그게 문제였다. 코요는 블로그에서 보았던 사진과 너무 달랐다. 어느 정도 보정했을 거라 짐작하긴 했으나 눈앞의 코요는 아예 다른 사람이었다. 퉁퉁한 얼굴은 각이 졌고 안경 너머로 보이는 눈은 작고 밋밋했다. 게다가 그는 살집이 꽤 있는 건장한 몸매의 남자였다. 통이 넓은 청바지에 경량 패딩 차림의 그는 마르지엘라나 생로랑과는 거리가 있어 보였다. 그리고 무엇보다 너무 어려 보였다. 회사를 다닌다고 해서 당연히 삼십대일 거라 생각했는데. 재원은 그대로 몸을 돌려 집으로 돌아가고 싶었지만 차마 그럴 수는 없어서 그에게 다가가 인사를 건넸다. 안녕하세요. 코요는 재원의 속마음을 읽은 듯 입꼬리만 겨우 올려 웃어 보였다. 안녕하세요, 보위 님. 재원은 코요의 눈을 피해 그가 쥐고 있는 칵테일 잔을 바라보았다. 인공적인 파란색 액체가 든 컵 표면에 물방울이 맺혀 흘러내리고 있었다. 잔을 쥔 코요의 손톱이 뭉툭했다.

어색하게 인사를 나눈 둘은 술을 한 잔씩 주문해 받아 들고 미리 예약해둔 방으로 들어갔다. 두 평 정도 되는 방에서 싸구려 방향제 냄새가 났다. 요란한 조명이 달린 화장대와 옷걸이가 보였고 벽에는 전신 거울이 부착돼 있었다. 불편한 기색의 재원을 향해 코요가 말했다. 어떻게, 메이크업 먼저 하시겠어요? 재원은 코요 역시 인내심을 발휘하고 있음을 감지했다. 그제야 재원은 미안한 마음이 들었다. 말씀드렸다시피 저는 화장은 제대로 해본 적이 없어서요. 재원이 난처한 얼굴로 말했다. 싫으시면 안 하셔도 되고요. 그렇게 말하는 코요의 눈에는 체념이 담겨 있었다. 코요가 재원에게 화장을 해주기로 미리 합의를 본 상태였다. 둘 다 그것을 기억하고 있었다. 아니요, 죄송해서. 재원이 마음에 없는 말을 했고 코요는 한쪽 입꼬리를 올리며 웃었다. 정하세요. 코요는 블로그에서 보았던 모습과 거

의 모든 것이 달랐지만 자존심이 세 보이는 건 비슷했
다. 재원은 잠깐 망설이다 말했다. 그럼 먼저 하시겠
어요?

코요는 화장대 위에 화장 도구를 꺼내 늘어놓았다.
재원은 그 옆에 엉거주춤 앉아 위스키를 홀짝였다. 코
요는 다양한 화장 도구를 능숙하게 배치한 뒤 안경을
벗었다. 둘 사이의 침묵이 어색해 재원은 휴대폰으로
음악이라도 틀어야 하나 생각했다. 하지만 코요는 개
의치 않고 화장을 시작했다. 눈에 연회색 컬러 렌즈를
낀 후 스펀지를 얼굴에 빠르게 두드려가며 파운데이션
을 발랐다. 다양한 브러시를 사용해 셰이딩을 넣었고
눈가에 진한 아이라인을 그렸다. 재원은 그의 당당한
태도와 능숙한 손놀림에 점점 빠져들었다. 각이 진 얼
굴 라인은 어느새 부드러워졌고 작고 밋밋한 눈은 크
고 깊어졌다. 낮고 펑퍼짐한 코는 오뚝하게 살아났다.
무엇보다 눈동자 색이 달라지니 다른 사람처럼 보였
다. 거울을 사이에 두고 둘의 눈이 몇 번 마주쳤을 때
코요가 불쑥 말을 던졌다. 화장하는 남자 처음 보세요?

예? 예상치 못한 말에 재원이 놀라자 코요가 푹, 웃
었다. 죄송합니다. 재원이 사과했다. 죄송하긴요. 난 누
가 봐주는 거 좋아해요. 코요는 화장을 멈추고는 바세
린 통을 열더니 새끼손가락으로 내용물을 찍어 재원에

게 내밀었다. 입술이요. 병 같은 건 안 걸렸으니까 걱정 말구. 재원은 조금 꺼려졌으나 무례하게 보일까 봐 코요를 향해 얼굴을 내밀었다. 이걸 발라야 나중에 립스틱이 잘 먹어요. 코요의 손가락이 재원의 입술 위를 부드럽게 왕복했다. 코요가 손가락을 휴지로 닦는 모습을 보며 재원이 물었다. 그런데, 몇 살인지 물어봐도 돼요?

서른이요. 에이, 아닌 거 같은데. 군대는 갔다 왔어요? 당연하죠. 어느 부대에 있었냐고 묻고 싶었으나 재원은 참기로 했다. 하지만 코요는 재원에게 나이를 묻지 않았다. 그는 새침한 얼굴로 눈에 긴 인조 속눈썹을 붙이고 붉은색 립스틱을 바르는 것으로 화장을 마무리했다. 너무 진해서 드래그 퀸 같은 느낌이 들기는 했으나 재원은 완벽하게 변신한 코요를 향해 박수를 쳐주었다. 아름답다고 말할 수는 없었지만 좀 전의 남자는 사라지고 없었다. 그것이 신기했다. 이제 언니 차례. 이리 오세요. 코요가 의자를 내밀었다. 재원은 남은 위스키를 비운 뒤 화장대 앞에 앉았다. 재원은 코요의 얼굴이 너무 가까이에 있는 게 신경 쓰여서 일부러 시선을 멀리 두었다. 너무 진하게는 말고요. 처음이라. 코요는 대꾸도 하지 않고 스펀지를 들어 거침없이 재원의 얼굴을 두드리기 시작했다. 힘 좀 푸세요. 아무도 안 잡아먹으니까. 그의 농담에 재원은 예의상 웃어주었다. 어린놈이 까불기는…… 재원은 코요가 시키는 대로 눈을 감았다. 눈꺼풀 위로 부드러운 브러시가 간지럽게 지나다녔다. 코요는 손으로 재원의 눈꺼풀을 살짝 끌어 올린 뒤 가느다란 붓으로 라인을 그려 넣었다. 손가락으로 화장품을 찍어 눈두덩에 톡톡 바를 때에는 손가락의 온기가 느껴졌다. 화장이라는 건 향기와 부드러움에 얼굴을 맡기는 거구나. 재원은 그 시간이 낯설면서도 꽤 마음에 들었다. 간혹 코요의 숨결이 가깝게 느껴져 불편한 것만 뺀다면.

저 보고 실망했죠.

코요의 말에 재원은 눈을 떴다.

네?

표정 관리가 안 되시는 듯.

아닌데. 낯설어서 그런 건데.

거짓말.

코요 님이 실망한 거 아니고요? 웬 아잰가 했겠지.

저는 실망 같은 거 안 함.

에이.

그냥, 사람이면 돼요, 저는.

코요가 바세린이 발린 재원의 입술을 티슈로 닦았다. 재원은 대답을 하고 싶었다. 사람이면 된다뇨, 너무하시네, 그리고 저 실망하지 않았습니다, 같은 말들. 하지만 그건 명백한 거짓말이었고 결국 재원은 아무 말도 하지 않았다. 자신의 얼굴이 변해가는 모습을 거울에 비춰 보면서 재원은 어떤 표정을 지어야 할지 점점 난감해졌다.

왜요? 별로예요?

웃기지 않아요? 역시…… 심하게, 안 어울리네요. 기괴하다는 말을 하려다가 참았다.

코요가 재원의 코앞으로 바짝 다가왔다. 뜨끈한 숨결과 화장품 향이 훅 끼쳤다. 재원은 숨을 멈추었다. 두피에서 땀이 솟아나는 게 느껴졌다.

자신감. 웃기다고 생각하지 말고요. 그럼 진짜 우스워짐.

코요는 재원의 입술 위에 조심스레 점을 찍어주었다. 재원은 그의 턱에 난 수염 자국을 발견했지만 못 본 척했다.

화장을 마친 둘은 싸구려 파티션을 사이에 두고 각자 옷을 갈아입었다. 재원은 바지와 양말을 벗고 드레스를 끌어 올렸다. 신축성이 없는 폴리에스테르 드레스가 가슴통에 꽉 끼어 등 뒤의 지퍼를 올리기 힘들었다.

저기, 좀 도와줄래요?

잠시 뒤 코요가 파티션을 걷었다.

어디 봐요.

코요는 빨간 바탕에 하얀 물방울무늬 원피스를 입은 모습이었다. 그 아래로 하얀 스타킹을 신은 근육질의 다리가 보였다.

멋지네요.

이번에도 거짓말이었다.

괜찮나요?

코요는 과장된 포즈를 취해 보인 후 재원의 드레스 지퍼를 올려주었다.

언니는 몸이 날씬해서 사이즈가 잘 맞네. 부럽다.

근데, 계속 언니라고 할 거예요?

싫어요? 그럼 보위 님? 아니면, 오빠?

형이라고 해요.

코요는 뭐가 우스운지 소리 내어 웃고는 말했다.

님 진짜 시혜남이구나. 신기하네.

뭐가요?

그게 아니라, 옷차림이 바뀌면……

코요는 말을 멈춘 뒤 재원의 다리를 보았다.

근데, 이 스타킹 너무 예쁘다. 칼제도니아랬죠? 한번 만져봐도 돼요?

코요는 쪼그려 앉아 스타킹을 찬찬히 관찰했다. 재

원은 코요가 눈을 깜빡일 때마다 인조 속눈썹이 위아래로 리드미컬하게 움직이는 것을 바라보았다. 그리고 뽀얀 이마. 퍼프소매 밖으로 탄탄하게 뻗은 팔과 뭉툭한 손톱이 달린 납작하고 매끈한, 아직 어린 손. 코요는 조심스레 재원의 발목에 손을 올렸다. 그리고 무릎까지 천천히 쓸어 올린 뒤 다시 발목으로 쓸어내렸다. 그의 손길이 닿자 재원은 몸에 소름이 돋았다. 이상할 정도로 강렬한 감각에 재원은 다리를 뒤로 뺐다.

이제 그만 나가요.

재원은 당황한 마음을 들키지 않으려 애써 명랑하게 말했다. 이건 뭐지? 끌림인가 혐오인가. 둘 다인가. 가발까지 쓰고 둘은 나란히 거울을 보았다. 매릴린 먼로 흉내를 낸 마른 남자와 핀업 걸 코스튬을 한 통통한 남자 둘이 서 있었다. 재원이 바란 건 이런 게 아니었다. 하지만 오늘은 핼러윈이니까. 재원은 긴장된 마음을 풀어보려 애썼다. 게다가 이런 모습이라면 길에서 아는 사람을 만나도 자신을 못 알아볼 게 분명했다. 그래도.

우리 그냥 홀에서 술이나 마실래요?

둘은 메이크업 룸을 정리한 뒤 짐을 로커에 넣고 가게를 나섰다. 코요가 앞장서서 계단을 올라갔다. 코요

의 허벅지는 굵고 두꺼웠다. 하얀 스타킹에는 보풀이
나 있었고 구두 굽은 보기 싫게 닳아 있었다. 재원은
계단 중간에 멈춰 섰다. 코요가 뒤를 돌아보았다.

우리 꼭 나가야 할까?

재원이 물었다.

코요의 회색 눈동자가 재원을 응시했다.

나는 나가려고요.

코요는 다시 몸을 돌려 계단을 마저 올라갔다.

거리에는 어둠이 내려 있었고 골목은 아까보다 더
스산했다. 코요의 옆으로 다가가자 그의 얼굴이 밝아
졌다.

언니도 참 어렵다. 비밀이 많은가 봐요.

재원은 대답 대신 질문을 택했다.

회사 사람들 만나면 어쩌려고 그래요?

인사해야죠.

코요의 답에 재원은 말문이 막혔다. 재원은 이런 차
림으로 거리를 걷는 것이 말할 수 없이 어색했다. 쇼윈
도에 비친 자신의 모습도 똑바로 바라보기 힘들었다.
혼자 있을 때에는 하루 종일 보아도 지루하지 않았는
데. 재원은 사람들이 보이면 얼굴을 돌리기 바빴다. 낯
선 시선을 의식하느라 재원에게는 즐거움이고 뭐고 어
떤 것도 느낄 여유가 없었다. 중심가가 가까워졌고 아

까보다 더 많은 인파가 눈에 들어왔다. 코요가 갑자기 재원의 팔짱을 꼈다. 코요의 살이 닿자 재원은 아까와 마찬가지로 피부가 찌릿했다. 재원은 혼란스러웠다. 이것은 매혹인가 혐오인가. 둘 다인가. 둘은 하나인가. 재원은 은근슬쩍 코요의 팔을 뺐다.

거리는 축제 분위기로 가득했다. 털 인형을 뒤집어 쓴 사람부터 피 흘리는 귀신, 선정적인 복장과 다양한 캐릭터 분장을 한 사람까지 젊은이들이 거리낌없이 서로 포옹하고 사진을 찍으며 요란하게 거리를 휩쓸고 다녔다. 코요 역시 낯선 이들과 사진을 찍고 큰 소리로 인사를 나누었다. 인파에 섞이자 재원은 마음이 조금 놓였다. 어차피 이들은 내가 누군지 모른다. 관심도 없다. 직장 동료들도 나를 못 알아볼 것이다. 그렇게 주문을 외우며 코요와 나란히 걷다 코요에게 물었다. 일본에서는 얼마나 살았어요? 안 살았어요. 앞으로 살고 싶어서. 재원은 코요를 향해 눈을 흘겼다. 소설가네 소설가. 이 정도면 완전 사기 아님?

재원은 코요의 말투를 흉내 내 말했다. 코요는 코를 찡긋하고는 하이 톤으로 대답했다.

앞으로 다 이룰 거라고. 그거 뻥 아니고, 말하자면 미래 일기라고요. 그리고, 코요 얘기는 진짜예요.

하지만 재원은 더 따지거나 묻고 싶은 마음이 사라

져버렸고 그것이 스스로도 의아했다. 처음 보았을 때와 다른 사람이 되어 여자처럼 걷고 있는 코요. 재원의 눈에 넓고 둥그런 코요의 어깨가 들어왔다. 우스꽝스러운 퍼프소매 아래로 흔들리는 생생한 팔뚝. 힐을 신고 힘차게 내딛는 걸음걸이. 순간 재원은 코요의 손을 잡고 싶었다. 손톱이 뭉툭하게 닳아 있는 젊은 손을 쥐어보고 싶었다. 손을 뻗으면 닿는 거리에 그의 몸이 있다는 사실이 새삼스러웠다. 왜 갑자기 그런 충동이 올라왔는지 재원도 알 수 없었다. 술기운인가. 분위기 탓인가. 재원은 이성을 찾아야 한다고 생각했다. 아, 이 변태 새끼들, 존나 토 나오네. 이어서 누군가 탁, 하고 침 뱉는 소리가 재원의 귀에 날카롭게 꽂혔다. 좆같은 세상 말세다, 말세. 재원은 반사적으로 코요를 바라보았다. 그가 아무것도 듣지 못했기를 바랐다. 그저 계속 가던 길을 가고 싶었다. 하지만 코요는 표정을 굳히고 걸음을 멈추었다. 그냥 가요. 재원이 말했지만 코요는 재원의 목소리가 들리지 않는 것처럼 어딘가를 매서운 눈으로 응시했다. 뭘 쳐다봐, 씨발년아. 대학생쯤으로 보이는 어린 남자 셋이 경멸에 찬 눈으로 욕설을 했다. 사람들이 흘끔거렸다. 재원은 코요의 팔을 끌었다. 가, 그냥 가자. 상대하지 마. 하지만 코요는 그들을 향해 지지 않고 소리를 질렀다.

지금 우리한테 욕했냐? 너네 이거 범죄인 거 알지?

재원은 숨고 싶었다. 그리고 이어서, 이게 범죄인가? 생각했다. 사람들이 멈춰 섰고 누군가는 휴대폰을 들었다. 재원은 어서 이들로부터 멀어져야겠다는 마음뿐이었다. 하지만 코요는 그럴 생각이 없는 듯했다. 분이 차오른 듯 그들 앞으로 다가섰다. 마치 어서 한 대 때려보라고 도발하는 것처럼 보였다. 사람들의 시선은 개의치 않았다. 오히려 여기 좀 보라고, 어서 와서 보라고 하는 것 같았다.

재원은 얼굴을 숙이고 급히 자리를 벗어났다. 사람들을 피해 근처 골목으로 가는데 누군가의 시선이 따라붙는 것 같았다. 골목길에 들어설 즈음 슬쩍 고개를 돌려보았다. 그때 그 남자와 눈이 마주쳤다. 몇 초도 안 되는 짧은 시간이었을 뿐인데 재원은 그 순간 심장이 잠깐 멈추는 듯 오싹했다. 트럼프 마스크를 머리에 뒤집어쓴 남자. 작은 구멍 사이로 보이는 눈알. 재원은 그 눈빛이 익숙했다. 어딘지 항상 놀란 듯 보이는 그 눈빛. ……설마. 아니겠지. 맞나? 아닌가? 아니어야 하는데. 저 마스크는 오늘 거리에서 몇 번이나 봤는데. 좀 전에 코요와도 함께 보며 웃었는데. 어쨌든 그가 나를 알아본 게 분명했다. 나는 이런 사람이 아닌데. 이건 오핸데. 오늘은 핼러윈이고 그래서 분장을 한 것뿐인데. 속이 뒤틀렸다. 주위를 둘러보았다. 엉망진창의 세계가 눈에 들어왔다.

화장이 번진 상기된 얼굴로 코요가 재원을 향해 다가오고 있었다. 재원은 몸을 돌려 골목 안으로 계속 걸었다. 뒤꿈치가 아려왔다. 새 구두는 발에 적응하려면, 최소 일주일 이상은…… 코요가 재원을 불렀지만 재원은 멈추지 않았다.

언니, 어디 가요?

코요가 종종걸음으로 뛰다시피 와서 재원의 팔을 잡았을 때, 재원은 그를 거칠게 뿌리쳤다.

언니 아니라고, 씨발.

재원의 눈앞에는 이해할 수 없다는 듯 자신을 바라보는 코요가 있었다. 재원은 그로부터 멀리, 아주 멀리 떨어지고 싶었다.

재원은 당장 집으로 돌아가고 싶었지만 그 차림으로 갈 수는 없어 다시 술집으로 향했다. 무작정 걷는 재원의 귀에 코요의 목소리가 들렸다. 바에 가는 거 아니에요? 재원은 걸음을 멈추었다. 코요는 무표정한 얼굴로 재원을 잠깐 응시한 뒤 등을 돌려 걷기 시작했다.

코요를 따라 바에 도착한 재원은 로커에서 옷과 소지품을 꺼냈다. 룸이 다 차서 기다려야 한대요. 코요는 무심한 어조로 말한 뒤 클렌징 폼을 건넸다. 그리고 턱

짓으로 화장실을 가리켰다. 화장실 세면대에서 재원은 화장을 지웠다. 세수를 하는데 여자가 들어와 깜짝 놀랐다가 여장 남자라는 사실을 깨닫고 작게 한숨을 쉬었다. 물이 너무 차서 머리가 얼얼했지만 재원은 얼굴을 박박 문질러 닦았다.

코요는 가죽 재킷을 입은 남자와 나란히 스탠드에 앉아 술을 마시며 대화를 나누고 있었다. 재원이 다가가 클렌징 폼을 건넸다. 고마워요. 재원의 말에 코요는 네, 하고 짧게 대답했다. 가게를 나가려다 재원은 고개를 돌려 코요를 보았다. 둘의 눈이 마주쳤고 코요는 재원을 향해 작게 손을 들어 보였다. 재원이 답을 하기도 전에 그의 시선은 옆자리의 남자에게로 돌아갔다.

사진에는 활짝 웃는 원더우먼과 무표정한 스폰지밥이 나란히 서 있었다. 재원은 사진을 열심히 들여다보았다. 세라의 표정이 뚱한 것이 마치 자신의 잘못처럼 여겨졌다. 택시가 잡히지 않아 재원은 지하철을 타고 집으로 돌아왔다. 고작 10시가 조금 넘었을 뿐이라는 게 믿기지 않았다. 아파트 입구에 서서 위를 올려다보았다. 옆집에 불이 켜져 있었다. 아까 본 남자는 깔끔한 정장 차림이었던 것 같은데. 그래, 아니겠지. 그럼 그렇지. 멍청하기는…… 재원은 깊게 한숨을 내쉬었다. 네댓 시간 외출했을 뿐인데 아주 오랜 시간 노동하고 돌아온 기분이었다. 재원은 소파에 누워 눈을 감았다. 적막이 다가와 재원의 주위를 서성였다. 나 오늘 이상한 나라에 다녀왔다. 재원은 적막에게 말을 걸었다. 다시 갈 수 있을까. 없겠지. 적막은 말이 없었다. 적막이니 당연하다고 생각했다. 잠이 들려는데 전화벨이 울렸고 재원은 흠칫 놀라 휴대폰을 들었다. 화면에 뜬 상미의 이름에 재원은 기운이 빠지면서도 안도감을 느꼈다. 통화 버튼을 누르자 상미가 오랜만에 보는 상기된 표정으로 손을 흔들었다. 이마에는 원더우먼 머리띠를 차고 있었다. 잘 어울리네. 이쁘다. 그 말을 하는데 이상하게도 코끝이 찡해졌다. 재원은 그 감정을 자신도 이해할 수가 없었다. 예뻐? 자긴 오늘 회식 어땠어? 전화도 안 받더라.

미안. 회식은 그냥 그랬지. 가장은 외롭다.

조금만 참아. 우리가 갈게.

당연히 와야지. ……세라는 괜찮아?

재원의 목소리가 떨렸다. 상미는 그런 재원을 보며 웃음을 터뜨렸다. 자긴 진짜 못 말려. 나중에 세라한테 다 말해야지.

그래. 다 말해. 꼭 말해.

전화를 끊은 후에도 재원의 귓가에는 상미의 웃음

소리가 남아 있었다. 술에 취하지 않은 상미는 즐거워 보였다. 아니면 모르는 사이에 술을 더 많이 마신 걸지도. 재원은 한참을 망설인 끝에 코요에게 메시지를 남겼다.

여기엔 아무도 없네요. 사람도. 귀신도.

잠시 뒤 메시지 알림이 울렸다. 재원은 메시지를 읽는 대신 휴대폰을 꼭 쥐었다. 휴대폰을 열지 않으면 평온한 집. 나와 적막만이 함께 사는 집. 자신이 겪은 하루를 상미는 영영 알지 못할 것이다. 어쩌면 재원 자신조차도.

인터뷰

위수정
×
하혁진

하혁진   안녕하세요, 위수정 작가님.『소설 보다: 봄 2026』
을 통해서 처음 인사드립니다. 작가님과의 인터뷰
덕분에 한발 앞서 봄을 맞이하는 기분인데요. 계
절과 계절 사이, 어떤 일상을 보내고 계신지 간단
한 근황과 함께 독자분들에게 인사 말씀 부탁드립
니다.

위수정   안녕하세요, 하혁진 평론가님. 반갑습니다. 저는
이런저런 업무와 원고 들을 얼추 마무리한 뒤, 느
슨한 나날을 보내고 있습니다. 추위에 유독 약해서
주로 집에 머무르고 있어요. 억지로 운동과 산책을
다니면서 활기를 찾으려 애를 써보기도 하지만 역
시 별일 없이 강아지와 집에서 시간을 보내는 것이
체질에 맞는 것 같습니다. 하지만 마음 한편에서는
또 슬슬 다음 작품을 준비해야 한다는 압박감과 불
안감이 피어오르는데, 애써 모른 척하며 게으르게
지내고 있어요. 독자분들은 어떤 겨울을 보내고 계
시는지 궁금합니다. 그래도 작년 겨울보다는 따뜻
하고 안온한 나날들이기를.

하혁진   지난 작품들을 떠올려보면 작가님의 소설에서 '집'
은 안주의 욕망과 탈주의 욕망이 공존하는 입체적
인 장소로 그려져왔다고 기억합니다. 이번 소설 역
시 마찬가지인데요. 딸의 유학으로 인해 '기러기 아
빠'로 살아가는 재원은 가족이 없는 집에서 "적막

이라는 낯선 세입자"와 동거하며 쓸쓸함과 함께 은근한 해방감을 경험합니다. 가족이라는 제도 안에 속하면서도 홀로 살아가며 혼자만의 비밀을 품고 있는 재원의 모습을 따라가다 보면 안정적인 삶을 상징하는 기표로서의 집에 대해, 나아가 허구의 '좋은 삶' 혹은 '좋은 삶'의 허구성에 대해 생각해보게 되는데요. 작가님께서 집을 그릴 때 특별히 염두에 두시는 기준(예컨대 책임, 돌봄, 역할, 경계 등) 같은 것이 있으신가요?

위수정　앞서 말씀드렸듯이, 저는 집을 좋아해요. 정확하게 말하자면 집에 '있는 것'을 좋아한다고 해야겠죠. 제게 집은 둥지처럼 편안한 공간이지만 때때로 외로움과 적막의 공간이기도 해요. 재원이 홀로 있을 때 적막과 대화하듯, 저도 집이라는 구조물과 그 안의 사물들에서 희미하게 영혼이 느껴질 때가 있어요. 무섭지는 않고 오히려 편안한 쪽인데 아마 익숙해져서 그렇겠지요. 아무래도 혼자 오래 있다 보면 좀 이상해지는 것 같기는 합니다. 그렇다고 제가 공간에 애착이 많은 건 아니에요. 꼭 지금 살고 있는 장소가 아니라도 어디든 가서 살 수 있다고 생각하는 편입니다. 막상 어딘가로 떠나면 전에 지내던 곳이 그리울 수도 있겠지만, 지금까지 이사를 다니면서 과거의 동네를 그리워한 적은 어렸을 때를 제외하고는 없어요. 일곱 살 때까지 살았던 부산을 떠나온 몇 년간은 무척 힘들었어요. 그때의 힘든 기억 때문인지 그 이후로도 여러 번 이사를 다녔지만 전에 살던 곳을 딱히 그리워하지 않게 되었어요. 어쩌면 일곱 살 이후로, 더 이상 장소에 애정을 두지 않으려는 무의식이 작용하고 있는 것 같기도 합니다. 제 소설에서의 집도 어느 정도 비슷한 느낌으로 그리게 되는 것 같아요. 가장 사적이기에 소중하고 편안한 공간인 동시에 잠시 빌려 쓰는 곳, 갖고 싶지만 결국 언젠가 떠나야 하는 곳. 그러고 보면 집은 몸과 유사한 부분이 있는 것 같습니다. 또한 평론가님 말씀대로 집은 사회적 기표로서 작용하기도 합니다. 가치가 높게 측정되는 집을 가진 이들은 그곳에서의 삶이 자신의 위치를 드러내준다고 생각하니까요. 너무 당연한 이야기지만, 저는 소설 안에서 각 인물의 환경, 성격에 따라 집의 의미 역시 다르게 설정합니다. 인물의 내밀한 모습을 보여줄 수 있는 장소이기에 소설에서 집은 분명 중요한 배경입니다. 집을 대하는 태도가 자신의 몸과 사회를 대하는 가치관과 일맥상통한다는 점을 이 질문에 답하면서 다시 정리하게 된 것 같네요.

하혁진 몸, 집, 사회로 연결·확장되는 사유가 흥미롭게 느껴지는 것 같습니다. 「귀신이 없는 집」의 주요한 설정 중 하나인 크로스드레싱cross-dressing에 관해서도 이야기해보고 싶습니다. 통념상 이성이 입는 것이라 인식되는 의복을 착용하는 사람을 일컬어 크로스드레서라고 하는데, 이는 특정한 성적 지향이나 명명으로 규정할 수 없는 복합적인 정체성입니다. 소설 속 재원은 자신을 시스젠더 헤테로섹슈얼 남성으로 정체화하며 자신의 크로스드레싱을 취미와 취향의 영역으로 생각하(고자 애쓰)는 인물처럼 보이는데요. 그럼에도 '여장'이라는 수행의 반복은 재원에게 두려움과 매혹을 동시에 불러일으키며, 그의 내면을 보다 복잡한 층위의 고민과 갈등으로 이끕니다. 이렇듯 한 인물 안에 공존하는 서로 다른 욕망과 정체성이 이 소설의 서사를 추동하는 핵심적인 동력이라고 할 수 있을 텐데요. 사십대 중반의 기혼 남성이면서 크로스드레서인 재원을 중심인물로 구상하게 된 계기를 여쭤보고 싶습니다.

위수정　거리를 걷다가 크로스드레서를 마주친 경험이 몇 번 있어요. 특히 최근 해외여행을 가면 남의 시선은 전혀 개의치 않은 채 여성복을 입고 다니는 남성들이 자주 눈에 띄더라고요. 수염을 기른 채 홀터넥 롱 드레스를 입고 푸드 트럭 앞에 서 있는 남성을 본 적이 있는데 그 모습이 인상적이었어요. 제게는 기묘하게 보이는 그 장면이 당사자에게는 아무렇지도 않고 너무 자연스러워 보였어요. 지금 생각해보니, 그 자연스러운 태도 때문에 더 기묘하다고 느낀 것 같은데 싫다기보다는 신선하고 좋았어요. 내 안의 어떤 정치적 올바름에 대한 의지가 작용했는지도 모르겠지만요. 다수자로서의 남성이 소수자인 여성의 복장을 입는 것은 사회적 시선으로 보았을 때 우스꽝스럽거나 조롱의 대상이 될 수밖에 없을지도 모르겠지만 2026년을 살고 있는 우리에게 여전히 그렇다는 것이, 특히 한국 사회에서는 더더욱 불편한 장면으로 여겨지는 것이 저로서는 좀 의아하기도 해서 소설로 써보고 싶었습니다. 물론 복장이 갖는 사회적 의미를 무시할 수 없다는 것도 인정하긴 합니다만, 소설이 할 수 있는 일을 하는 것이 제 업무라서요.

하혁진　한편 앞집 남자의 시선은 소설 내내 재원을 끈질기게 따라다니며 공포와 혐오의 대상이 됩니다. 그는 멀리 떨어져 사는 가족과 대비되며, 가까운 곳에서 감시자의 역할을 수행하는 인물처럼 보이기도 하는데요. 그 시선이 재원의 내면에서 비롯된 것처럼 읽히기도 했습니다. 누군가에게 자신의 비밀을 내보이고 싶은 충동과 그 고백이 낙인과 배제로 이어질 것이라는 두려움 사이에서 갈등하는 재원의 내면이 어딜 가나 쫓아오는 앞집 남자의 시선에 투영된 것이 아닐까 생각했어요. 결국 중요한 것은 앞집 남자가 재원의 비밀을 알고 있느냐가 아니라,

재원이 그 시선에 어떤 의미를 부여하고 그로 인해 어떤 감각을 느끼느냐인 것 같습니다. 소설의 결말부에 이르면 앞집 남자의 시선은 핼러윈 날 트럼프 코스튬을 한 남자의 시선과 겹치며 현실 사회의 맥락으로 한 번 더 확장되는데, 이렇듯 소설 안팎에서 작동하는 '시선'의 의미를 독자들이 어떻게 감각하길 바라셨는지 여쭤보고 싶습니다.

위수정 평론가님 말씀대로 그 시선의 의미가 제게도 중요했어요. 같은 상황은 아니지만 모두에게 비슷한 경험이 있지 않을까요. 어떤 특정한 모습이나 상황일 때 누군가를 마주치지 않기를 바라는 마음이 들 때가 있잖아요. 부모님이나 회사 동료, 어쩌면 연인이나 친구조차도 마주치지 않고 싶은 순간이 있을 거예요. 저도 비슷한 경험이 있어요. 평소와 다른 차림으로 나왔다가 괜히 아는 사람을 만날까 봐 조마조마했다든가 학교나 직장에 있어야 할 시간에 다른 곳에 가서 아는 사람을 만나 들킬까 봐 불안했다든가. 타인의 불필요한, 또는 과한 시선이 만연한 사회 같아요. '바라본다'는 행위에서 그치는 것이 아니라 그 안에 담긴 사회적 편견들이 과도하게 작동하고 있다고 생각하고요. 아무도 없을 때 하면 괜찮은데 누군가의 시선이 닿는 순간 문제가 되는 일들이 많죠. 그중에는 감추기보다는 좀 드러낼 필요가 있는 부분들도 존재하는 것 같습니다.

소수자의 문제에서 특히 그렇다고 생각해요. 좀더 드러나고 많은 사람들에게 보여져야 하는 모습들. 말끔하고 정돈되고 규칙이 잘 유지되는 것처럼 보이는 사회가 무결한 사회는 아니니까요. 오히려 그런 사회가 더 위험하다는 걸 우리는 이제 잘 알고 있으니까……

하혁진 반면 아내인 상미가 재원이 크로스드레서라는 사실을 이미 알고 있다는 점이 흥미롭게 다가왔습니다. 따라서 상미와의 관계에서 재원의 과제는 비밀을 숨기는 일이 아니라 '적당한 선'을 지키는 일이 되는데요. 상미에게 크로스드레싱은 일시적 일탈일 뿐이며, 재원이 남편이자 아빠이고 여성을 사랑하는 남성이라는 사실을 잊지 않는 선에서만 허용되는 일종의 역할극이기 때문입니다. 실제로 상미는 "이제 슬슬 그만두는 게 어때?" "이제 품위를 좀 지키자"라고 말함으로써 재원으로 하여금 거리감과 수치심을 느끼게 하는데요. 결국 재원은 유일하게 비밀을 공유하는 관계였던 상미가 모르는 또 다른 비밀을 만들며, 스스로 정한 선을 넘어 시디 커뮤니티에서 알게 된 코요와 오프라인 만남을 가집니다. 두 사람이 만난 핼러윈 데이는 "기괴하고 우스꽝스러운 모습을 모두가 허용해주는 날"이지만, 재원과 코요의 크로스드레싱은 아내와 딸의 코스튬과 대비되며 같은 '코스튬'이라 하더라도 무엇은 허용되고 무엇은 금지되는지 오히려 그 경계를 또 렷하게 드러내는데요. 이렇듯 상미는 재원의 '취향' 을 알고 있는 공유자인 동시에 그것이 '지향'이 될 수 없도록/되지 않도록 그 경계를 설정하고 유지 하는 관리자인 것처럼 보입니다. 이와 같은 이중성 은 구조와 제도가 개인의 욕망을 규율하는 방식과 도 닮아 있는 듯한데요. 취향과 지향의 경계에 대 해 그리고 그 경계를 계속해서 되새기게 하는 상미 라는 인물에 대해 덧붙여주실 말씀이 있을지 궁금 합니다.

위수정　이 소설에서 남성과 여성의 위계가 전도된 형태로 보여질 수도 있다고 생각했어요. 부부라는 사적인 영역 안에서 마치 상미가 우위를 점하고 있는 것처 럼 보이니까요. 둘은 서로의 취향을 존중해주는 이 상적이며 일견 진보적인 부부인 듯했으나 아이가 자라면서 상미의 보수적인 일면이 나타나게 됩니 다. 물론 이러한 보수성은 결혼이라는 사회적 약속 에 앞서 성 정체성을 잊지 않는 것을 전제로 하는 모습에서 드러나기도 하죠. 상미라는 인물을 그리 면서는 (남성에 종속되지 않는) 진보적 여성인 동시 에 '정상 가족'을 지키려는 보수적 면모를 지닌 양 가적 인물을 떠올렸어요. 어머니가 되고 '모성'이 작동하면 어느 정도 보수성을 지닐 수밖에 없지 않 을까 하고요. 일종의 생존 본능이랄까. 재원이 가

장으로서의 역할을 수행하지 못하게 되는 순간 그
들의 가정은 위험에 직면하게 될 수도 있으니까요.
그런 의미에서 보면 상미는 정말 진보적인 인물이
라고 보기는 힘들겠지요. 재원의 일탈을 적절한 수
위로 조절하는 규율자의 위치에 있는 인물로 보면
평론가님께서 말씀하신 것처럼 일종의 관리자로서
의 역할을 충실하게 수행하는 인물로도 보입니다.
사실 가정을 벗어나는 순간, 아니, 어쩌면 가정 안
에서조차도 결정적인 순간에는 결국 재원이 권력
의 중심이라는 사실은 변함없지 않을까 생각했어
요. 그 부분에 관해서는 다른 소설에서 좀더 깊이
있게 그려보고 싶은 마음입니다.

하혁진   말씀해주신 다른 소설 역시 기대하며 기다리고 있
겠습니다. 상황에 따라 선택할 수 있으며 비교적
자유롭게 입고 벗을 수 있는 옷과 달리, 몸은 상대
적으로 고정된 현실이자 조건인 것처럼 느껴집니
다. 다르게 말하면 재원은 크로스드레싱을 언제든
지 그만둘 수 있으리라 생각하지만, 그 경험을 통
해 형성된 기억과 감각은 쉽게 사라지지 않을 것으
로 보이는데요. 재원이 여성의 몸에 질투와 동경을
느끼는 한편 남성의 몸에는 혐오감을 느낀다는 사
실, 여성의 몸과 대비되는 자신의 몸에 강박을 보
인다는 사실 그리고 몸과 옷 사이의 '기이한 부조
화'를 경험하며 "움직임은 물론이고 내면도 미묘하

게 달라지는 것이 느껴졌다"고 말하는 대목은, 몸
에 대한 감각의 변화가 재원의 내면을 변화시키는
순간들을 인상적으로 보여줍니다. 이때의 변화는
단순히 크로스드레싱을 멈춘다고 해서 이전으로
돌아갈 수 있는 종류의 것은 아닐 텐데요. 소설을
다시 읽으며 "네가 남자인 거, 그걸 잊지 않을 자신
이 있으면 나랑 결혼해"라는 상미의 말에 "그건 잊
을 수 있는 게 아니야"라고 답했던 재원의 대사가
의미심장하게 다가오기도 했습니다. 옷과 몸, 둘의
관계를 통해 재원이 경험한 변화에 대해 조금 더
이야기해주실 수 있으실까요?

위수정   독자의 몫으로 남겨놓아야 하는 부분 같지만, 제가
말씀드릴 수 있는 선에서 답을 드려보겠습니다.
재원은 자신의 정체성을 꽤 명확하게 정의 내리
고 사는 인물이에요. 시스 헤테로 취미 여장러라
고. 자신의 성별과 육체가 일치하는 이성애자 남성
인 동시에 사회에서도 그에 걸맞은 역할을 수행하
며 무난하게 살고 있죠. 큰 불만은 없지만 소소한
불만은 간직한 채 적절한 선에서 자신의 욕망을 충
족하는 인물이지만 그 욕망이 어떤 선을 넘는 순
간 그의 정체성은 흔들릴 수밖에 없을 거라는 사실
을 독자들은 이미 알고 있을 겁니다. 어떤 독자들
은 재원을 향해, 그러지 말았으면, 하는 마음을 느
끼기도 할 거예요. 재원의 삶이, 그리고 그의 가족

이 위태로워질 것에 대한 우려일 수도 있고, 적절한 규범으로 통제 가능한 사회를 망가뜨리지 않았으면 하는 심리도 있을 거라 생각합니다.

우리는 일정한 시기가 되면 스스로의 정체성을 규정하고는 해요. 나는 이런 성향이고, 이런 것에는 매력을 느끼지 않는다, 나는 정상이다 또는 나는 비정상이다, 등등. 하지만 과연 인간의 정체성이란 하나로 고정된 무엇일까, 하는 생각을 했어요. 재원은 전통적 의미의 가장인 동시에 남성의 몸으로 여성적 취향을 향유하는 인물인데, 그것이 여성에 대한 매혹인지, 내면의 여성성의 발현인지도 모호하죠. 저는 그런 모호함이 인간의 본질에 가깝다고 생각해요. 모든 사람이 자신만의 어떤 '소수성'을 지니고 있다고 생각하는데, 그것에 대한 탐구를 권장하지 않는 사회에서 살고 있기에 우리가 이렇게 단순화된 건 아닌가, 하고 평소에 생각해왔습니다. 그래서 주어진 선택지 안에서 자신을 정의 내릴뿐더러 타인에 대해서도 쉽게 일반화하고 편견을 갖게 되는 건 아닐까요. 재원 역시 자신이 '취향' 정도로 여겼던 것이 생각보다 더 큰 삶의 균열을 일으킬 수 있음을 느꼈죠. 그럼으로써 자신이 욕망하고 원하는 삶과 사회적으로 승인되었기에 편안함을 느끼는 위치 사이에서 갈등하며 무엇인지 답을 내리지 못한 채 살아가리는 점을 좀더 뚜렷이 깨닫게 되었다고 생각합니다.

하혁진 작가님의 작품 속에 등장하는 여러 인물, 하나로
고정되지 않는 모호한 정체성을 가진 인물들이 스
쳐 지나가네요. 코요라는 인물과 '매력'의 문제에
대해서도 여쭤보고 싶습니다. 재원은 그동안 봐왔
던 크로스드레서 가운데 "손에 꼽을 만큼 취향이
좋"고 "매력적인 외모"를 가졌을 뿐만 아니라 "자신
의 정체성을 과하게 드러내지도 감추지도 않는 자
신감"까지 지닌 코요에게 끌림을 느낍니다. 그러나
실제로 만난 코요는 상상했던 이미지와는 전혀 다
른 모습으로 재원을 당황하게 하고, 매력을 느꼈던
요소인 자신감 역시 혐오 발언을 하는 사람들과 거
리 한복판에서 맞서는 방식으로 드러나며 재원에
게 두려움과 위협으로 작동합니다. 그럼에도 코요
와의 만남과 대화, 스킨십은 재원에게 매혹인지 혐
오인지 알 수 없는 "이상할 정도로 강렬한 감각"을
불러일으키는데요. 재원은 그 끌림을 끝내 긍정하
지도 부정하지도 못한 채 혼란 속에 머무는 듯 보
입니다. 이러한 혼란은 분명한 끌림이 발생했음에
도 그 끌림을 스스로 인정하지 못해 억압하는 '부인
된 애착disavowed attachment'의 상태처럼 읽히기도
하는데요. 그렇게 보면 안팎에서 작동하는 감시의
시선과 매력의 문제는 떼어놓을 수 없는 관계처럼
느껴집니다. 정상과 비정상을 엄격하게 구분하고,
비정상이라고 낙인찍은 욕망들을 철저하게 배제하

는 시선을 의식하지 않을 수 없는 상황에서, 매혹
과 혐오는 어지럽게 뒤엉켜 있을 수밖에 없을 테니
까요. 작가님께서는 재원과 코요가 만나는 장면을
통해 어떠한 감각을 전달하고자 하셨는지 여쭤보
고 싶습니다.

위수정　평론가님께서 이미 너무 잘 정리해주신 것 같아 제
가 특별히 답을 하지 않아도 될 것 같아요. 그래도
좀 덧붙여보자면, 저의 경우 저와 유사한 사람에게
서 제가 갖지 못한 어떤 점을 발견했을 때 매혹을
느껴요. 재원이 코요에게 그러한 끌림을 느낀 것도
비슷한 맥락이 아닐까 합니다. 처음에는 기대와 다
른 외모에 실망했지만, 우리는 머릿속으로 그려왔
던 이상형에 부합하는 외모의 소유자가 아니더라
도 호감을 갖게 되기도 하니까요. 반대로 외적인
부분에 매력을 느꼈다가도 함께 시간을 보낸 뒤에
식어버리는 경우도 있죠. 재원은 그 짧은 시간 코
요와 함께하면서 그에게 끌리게 되는데, 그건 재원
스스로 규정해온 자신의 정체성에 위배되는 욕망
이기도 하지만 일종의 연대 감각 역시 혼재한다고
생각합니다. 매혹을 단 하나로 규정할 수 없다는
점을 둘의 만남을 통해 보여주고 싶었습니다. 어쩌
면 재원은 외부의 시선보다 자기 내부의 시선에 더
예민하게 반응한 것일 수도 있어요. 물론 그 둘을
떼어놓고 생각할 수는 없겠지요. 하지만 독자들의

감상은 전혀 다를 수도 있다고 생각하고, 각자가
느낀 바가 중요한 거 같아요.

하혁진 마지막으로 소설의 제목에 대해 여쭤보고 싶습니
다. '귀신이 없는 집'은 코요라는 닉네임의 기원이
되는 '귀신이 없는 마을' 설화에서 비롯된 것으로
보입니다. 마을에 생기와 번영을 가져온 여성이 '귀
녀'로 낙인찍혀 제거된 뒤 그가 사라진 장소가 '귀
신이 없는 곳'으로 불리게 됐다는 이야기는, 특정한
존재가 지워진 자리에 남게 되는 고요와 평온이 과
연 무엇을 의미하는지 묻게 합니다. 같은 맥락에서
재원의 집은 "휴대폰을 열지 않으면 평온한 집. 나
와 적막만이 함께 사는 집"으로 묘사되지만, 그 안
에는 누구에게도 말할 수 없는 하루, 재원 자신조
차도 이해할 수 없는 '귀신 같은' 하루가 존재합니
다. 이렇듯 "귀신이 없는 집"이라는 제목에는 특정
한 욕망을 감추고 억압하는 한에서만 평온하게 유
지될 수 있는 일상과 그로 인해 영원히 소외될 수
밖에 없는 인물의 욕망이 서늘하게 담겨 있는 것처
럼 느껴지는데요. 작가님께서 생각하시는 '귀신이
없는 집'이란 어떤 상태인지 여쭤보고 싶습니다. 덧
붙여 그 집에서 다음 날 아침을 맞이할 재원의 내
일을 상상해보신 적이 있으신지도 여쭤보고 싶습
니다.

위수정　어쩌면 이 작품을 관통하는 가장 주요한 지점일 수
도 있는 부분을 세심하게 읽어내주셔서 감사합니
다. 귀신이 없는 집,이라는 문구만 보면 정상적이
며 안정적인 공간이라는 이미지가 가장 먼저 떠오
르죠. 귀신이 있으면 무섭고 불안하고 두려운 곳이
니까요. 무려 천 년도 넘게 지난 헤이안 시대에 코
요라는 여성이 귀신으로 여겨질 수밖에 없었던 것
은 그 시대가 그러했기 때문이라고 이해할 수 있지
만, 다른 의미로 지금 이 시대에도 사회에서 정한
룰에서 벗어나 있는 사람은 일종의 귀신 취급을 받
는 것 같아요. 그 보수성은 흘러간 시간에 비해서
여전하다 싶기도 합니다. 그런 의미로, 오래된 과
거의 '귀신이 없는 마을'이라는 이름에서 느껴지는
아이러니가 제 소설의 '귀신이 없는 집'과 상통하는
부분이 있다고 생각했습니다. 평안함은 욕망이나
변화에 뒤따르는 불안이 없는 상태에서 오는 감정
이니까요.
　　　　재원의 내일은 소설 마지막 부분을 쓰면서 많이 생
각했습니다. 그 상상의 결과가 이 소설의 결말과
닿아 있어요. 제가 상상한 재원의 내일은 말씀드리
지 않는 편이 좋을 것 같습니다. 독자 여러분도 각
자 재원의 내일을 떠올려보셨으면 좋겠습니다.

하혁진　인간이 가진 복잡한 욕망의 모양을 섬세하게 그려
온 작가님의 소설을 열심히 따라 읽고 있는 독자로

서 앞으로의 계획에 대해 여쭤보고 싶습니다. 최근 자주 하는 고민이나 구상 중인 이야기가 있으실까요? 또한 소설가 위수정이 아닌 생활인 위수정이 요즘 관심을 갖고 있거나 목표로 하고 계신 것을 함께 나누어주시면 감사하겠습니다.

위수정 최근에는 장편소설을 어떻게 쓸 것인가에 대해 자주 고민을 합니다. 이 고민을 한 지 사실 몇 년 되었는데요, 제가 멀티가 잘 안되는 인간이라는 것을 인정하고 올해는 장편에 집중을 해보려고 합니다. 구상 중인 이야기는 언제나 머릿속에서 구름처럼 떠다닙니다만 구름이 그렇듯이 가까이 가면 잘 보이지 않고, 그래서 괴로워하는 일의 반복이랄까. 그래도 언제나 관심이 가는 소재는 '선하지 않은 피해자' 캐릭터예요. 이번 장편에서 그런 인물들을 잘 그려보고 싶습니다.
또 요즘 일찍 자고 일찍 일어나는 생활을 하려 노력 중이에요. 사실 이 역시 몇 년째 도전하고 있지만 쉽지 않아서 고민입니다. 어렸을 때부터 일찍 일어나는 일이 너무 힘들었는데 아직도 이러고 있을 줄은 몰랐어요. 일찍 일어나서 글쓰기로 하루를 시작하는 루틴을 만드는 것이 목표입니다. 저는 정말 시간을 비효율적으로 사용하는, 낭비벽이 심한 사람이라 올해부터는 시간 활용을 잘하는 알뜰한 사람이 되고 싶습니다. 제발.

서해에서

최예솔

2023년 문학동네신인상을 통해 작품 활동을 시작했다.

살다 보면 이유 없이 싫은 사람이 있고 이유 없이 좋은 사람이 있는데 내게는 그 후자가 서해다. 서해의 이름은 보통 웨스트 시라는 의미로 추측되지만 성까지 붙여 들으면 느낌이 좀 다르다. 용서해. 특이 취향을 가진 누군가는 끝까지 웨스트 시 오브 드래곤이라는 판타지적인 이름으로 서해를 남겨두고 싶을 수도 있겠지만 나는 가장 보통의 이해로 서해의 이름을 보자마자 어떻게 이름이 포기브 미,라는 생각을 제일 먼저 했다. 그다음으로는 서해의 형제자매 중에 과연 용감해라는 이름을 가진 사람이 있을까, 그런 소소한 호기심.

나는 이제 서해의 남동생 이름을 알고 있고 그의 이름은 감해가 아니다. 그래서 나는 언젠가 용씨 성을 가진 남자를 만나 아이를 낳게 된다면 감해라는 이름을 짓고 싶었다. 서해가 있으니까. 아무튼 사람 이름이 포기브 미인 것보다는 아임 브레이브인 편이 훨씬 낫다. 나은 정도가 아니지. 아임 브레이브는 좋은 이름이다.

아쉽게도 이제까지 내가 만난 남자 중에 용씨는 없었고 애초에 그들은 용감함과 거리가 멀었다. 용기 있는 남자가 미녀를 먼저 차지하는 바람에 남은 나를 차지한 남자라서 그런지는 몰라도. 아무튼 나는 미녀가 아니니까 내가 만난 남자들이 용감하지 않은 것도 그러려니 할 수 있다. 사람은 자기 자리를 잘 알아야 한다고 했다. 내가 어디에 있는지 알아야 어디로 가야 하는지도 알 수가 있다나. 이건 서해가 늘상 하는 말이다. 그래서 너는 서해에 있니. 그런 실없는 농담을 하는 게 나는 좋았다.

그런데 영민은 어땠을까. 영민은 서해와 나의 전 남자친구인데 나와 헤어진 뒤 2년쯤 지나 서해와 사귀었다. 나와 서해가 서로를 알게 된 것은 그 모든 관계가 끝난 다음이었는데, 아주 간발의 차이였다. 서해가 영민과 헤어지는 과정을 내가 목격했으니까.

그때 나는 대졸자 전형으로 겨우 들어간 간호대에 휴학계를 내고 대학 병원 앞 대형 약국에서 아르바이트를 하고 있었다. 한국에서 가장 바쁜 약국으로 손꼽히는 약국이라서 나 말고도 아르바이트생은 많았고 약사든 직원이든 모두 영혼이 빠진 얼굴로 약을 뜯거나 약을 포장하거나 약을 정리했다. 그깟 아르바이트생들에게도 나름의 질서가 있어서 가장 오래 일한 사람이 가장 늦게 점심을 먹으러 나갈 수 있었는데 그때 나는 알바 3개월 차로 중간쯤의 순서였다. 12시 30분. 서해는 그날 12시 30분에 영민과 헤어지는 중이었다. 그들의 이별은 그렇게 인상 깊지 않았다. 둘 중 누구도 울거나 욕을 하지 않았으며 붙잡고 매달리지도 않았다. 영민이 내게 인사하지 않았더라면 나는 그들이 어떤 사이인지도 몰랐을 것이다.

영민이네.

나는 약국 앞에 멀뚱히 서 있는 영민을 보면서 그렇게 생각했고 그 순간 영민도 나를 쳐다봤다. 그리고 약간 어색한 얼굴로 손을 흔들었다. 어쩜 그렇게 멍청할 수 있었을까. 그 바람에 서해가 뒤를 돌았고 나와 눈이 마주쳤다.

누구야?

서해가 그렇게 물었다. 영민은 바보처럼 어버버했고 나는 용기나 용감함과는 거리가 먼 영민을 한심한 마음으로 바라보다가 고개를 꾸벅 숙였다.

저는 영민이 대학 동긴데요.

아, 안녕하세요.

네, 안녕하세요.

서해와 내가 그런 인사를 나누는 동안 영민은 슬금슬금 뒷걸음질을 치다가 곧 뒤돌아 뛰기 시작했다. 서해와 나는 빠른 속도로 멀어지는 영민의 뒷모습을 가만히 보고 있다가 문득 정신을 차렸다.

쟤는 어딜 저렇게 급하게 가나요?

글쎄요, 집에 가겠죠?

같이 나오신 거 아닌가요?

그건 그런데 방금 헤어져서요. 잠깐 사귀었지만.

아아.

참 허접한 놈이에요. 내가 그렇게 중얼거리자 서해가 하하 웃었다.

허접하지요. 어떻게 아셨어요.

저도 사귄 적이 있어요.

저 허접한 놈이랑요.

네, 저도 잠깐이요.

유감이네요.

저도요.

그리고 서해와 나는 각자 갈 길을 갔다. 나는 약국 건물 지하의 창고라면 창고고 직원 휴게실이라면 휴게실인 어두컴컴한 골방으로 내려가려다 말고 잠깐 뒤를 돌아봤는데 서해는 이미 가고 없었다.

그날 점심 도시락으로는 배추된장국에 오징어볶음, 흑미밥에 김말이가 나왔다. 나물 반찬도 몇몇 있었는데 손은 거의 대지 않았다. 그보다 나는 매일같이 알약을 뜯어대다가 만난 서해가 궁금했다. 그다지 눈에 띄는 외모도 아니었는데. 키가 좀 작긴 했지만 그냥 좀 작은 사람이려니 하면 그만이었는데. 이상하게 나는 서해가 기억에 남았고 우리가 후진 영민을 만난 적 있다는 공통점으로 묶였다는 사실 외로도 약간 마음이 쓰였다. 이유 없이. 그러니까 그때부터 나는 이유 없이 서해가 좋았던 것이다.

　서해가 그렇듯이 나도 그다지 특출난 사람은 아니다. 그러니까 우리는 같은 자리에 서 있는 거다. 서해는 그런 칭찬인지 욕인지 모를 말을 자주 하는데 나는 되도록 그걸 칭찬으로 받아들이고 싶었다. 아무튼 나는 서해라는 사람이 좋고 그런 서해와 같은 자리에 서 있다는 건 좋은 일이니까. 아무래도 짝사랑은 좀 지겹기도 하고.

　그간 내가 만난 남자들이 후졌던 것과 달리 내가 짝사랑한 남자들은 멋졌다. 이를테면 내가 일하던 약국의 막내 약사 선생. 그는 얼굴이 희었고 동그란 얼굴에 어울리는 동그란 은테 안경을 썼으며 그 덕분에 하얀 약사 가운이 아주 잘 어울렸다. 말이 많은 사람은 아니었지만 가끔 하는 말이나 평소의 행실이 몹시 반듯해서 모두가 그를 좋아했다. 아니지. 모두가 그를 좋아할 거라고 나는 생각했다. 어디에나 특이 취향은 있기 마련이라 그런 그를 싫어하는 직원도 있었지만. 손목이 가늘어서 허약해 보인다든가 손마디가 굵어서 투박해 보인다든가 아무튼 그다지 설득력은 없는 이유였다. 그런 이유로도 사람은 사람을 싫어할 수 있다. 그런 이유로 나는 그 약사 선생을 좋아했던 거고.

당연히 나는 약사 선생이 약국을 그만둘 때까지 내 마음을 고백하지 않았다. 내가 만났던 남자들처럼 내게는 용기가 없었고 무엇보다 내가 고백을 할지 말지 고민하기도 전에 약사 선생이 약국을 떠났으니까. 약사 선생이 약국을 관두던 날은 송별회 겸 회식이 있었는데 나는 그 회식에 참여하지 않았다. 괜히 더 미련이 생길까 봐. 약사 선생은 기껏해야 세 달 남짓 일했을 뿐인데 약국 직원 대부분이 송별회에 참여했다. 역시 멋진 남자는 다르군. 어쩌면 뒤에서 몰래 그의 흉을 보던 직원들도 사실은 그를 좋아했을지도 모르지. 사람의 마음은 잘 꼬이니까. 꼬이고 꼬여서 정반대를 바라보기도 하니까.

약사 선생은 개인 사정이라는 가장 보편적인 이유를 대고 약국을 떠났는데 나는 회식 다음 날 옆자리에서 약통을 정리하던 아르바이트생에게 진짜 이유를 들었다. 취기가 좀 오른 약사 선생이 사실은요, 하고 고백을 했다던가. 아르바이트생이 워낙 눈을 반짝거리면서 얘기하길래 나는 그 약사 선생이 사실 이름만 들으면 알 만한 재벌 집 막내아들인가 했는데 그런 건 아니었다. 그런 건 아니었고 대신 약사 선생과 결혼을 앞둔 여자친구가 그랬다. 그래서 약사 선생은 여자친구 소유의 메디컬 빌딩 1층에 약국을 내게 되었다나. 나는 약사 선생의 개인 사정을 옆자리 아르바이트생에게서 소상히 들으며 알약을 끝도 없이 깠다. 매일 그랬듯이 엄지가 저릴 정도로 깠다. 그러다 오후 1시가 다 됐다.

그즈음 나의 점심시간은 1시였다. 도시락은 매번 국과 찬이 달라졌지만 다 그 맛이 그 맛이라서 그다지 기대되는 식사는 아니었다. 잠시 엄지를 쉴 수 있다는 것 정도가 좋았지. 그날 나는 서해를 처음 만났던 날처럼 지하로 내려가기 위해 약국을 가로질렀는데 카운터를 보던 실장이 용서해 님, 하고 누군가를 부르는 소리를 들었다. 용서해. 그런 게 사람 이름인가. 그런 생각을 하면서 고개를 돌렸더니 거기에 서해가 있었다. 서해는 제 이름이 적힌 약 봉투를 들고 약값을 결제하는 중이었다.

안녕하세요.

어머, 안녕하세요.

왜인지 나는 그날의 서해가 반가웠다. 허접한 영민과 헤어진 서해. 나는 멋진 약사 선생과 헤어진 건 아니고 고백도 못 하고 일방적으로 차였지만 아무튼. 이런 이야기를 누군가에게 한다면 그건 절대로 옆자리 아르바이트생이 아니라 서해 같은 사람일 것이고 내게는 서해가 필요했다.

어디가 아프세요?

아니요. 아플까 봐.

예방 중요하죠.

그쵸.

그래서 나는 기꺼이 도시락을 포기하고 서해에게 커피를 한잔 마시자고 했다. 서해가 어딘가 심각하게 아팠더라면 그럴 수 없었을 것인데 예방 차원이라고 하니까 그럴 수 있었다. 그날 서해가 아팠더라면. 이제와 그런 건 상상도 할 수 없지만 아무튼 그날은 운이 좋았다. 그날 나는 서해와 약국 근처의 카페에 앉아서 점심시간 30분을 전부 썼다. 멋진 여자를 만난 멋진 약사 선생에 대해서 구구절절 말하는 나를 앞에 두고 서해는 입술을 동그랗게 오므려서 오, 하는 소리를 종종 냈고 마지막에는 잘했어요, 하고 말해줬다.

잘한 일인가요.

잘했지요.

해도 후회 안 해도 후회면 하고 후회하는 게 낫다던데요.

안 하면 미련이 좀 남고 마는데요. 하면 망할 수도 있어요.

고백하고 차이는 걸로 망하기까지 하나요.

그럴 수도 있다는 거죠.

그래서 나는 내가 약사 선생에게 고백해서 망하는

여러 가지 경우의수를 상상했다. 결혼을 앞둔 남자에게 고백을 갈긴 파렴치한으로 몰려서 사회적으로 매장당한다. 우리 아들의 혼사를 망친다며 약사 선생의 부모에게 뺨을 맞는다. 내 딸의 눈에서 눈물이 나게 만들었다는 이유로 거대 기업의 수장에게 보복을 당한다. 혹은 약사 선생에게 직접 쌍욕을 먹는다. 너 따위가 감히. 나는 그중 어떤 경우도 원치 않았고 이미 어떤 경우도 일어나지 않았다. 내가 그렇게 하지 않았으니까. 그건 어떤 도의적인 이유에서가 아니라 내가 쪽팔리기 싫어서였다.

그거 참 후지군.

나는 속으로 그렇게 생각하면서 서해와 헤어졌고 약국에 돌아와 평소처럼 알약을 깠다. 이미 저린 엄지로 알약을 까다 보면 이게 계속 저린 건지 안 저린 건지 헷갈릴 지경이 되는데 사실 뭐 엄지가 저리든 말든, 생각하면서 깠다. 내가 만난 남자들처럼 후진 나를 생각하면서 깠다. 어쩌면 그중에 내가 제일 후진 인간일지도 모른다고 생각하면서 깠다.

그 후로도 나는 종종 서해를 만났다. 질병 예방 차원에서 병원에 다녀온 서해를 약국에서 만난 날도 있고 부러 약속을 잡아서 같이 밥을 먹은 적도 있다. 내가 이유 없이 서해를 좋아한 것처럼 서해도 딱히 어떤 이유가 있어서 나를 계속 만나는 것 같지는 않았는데 막상 카페에 앉으면 세 시간이고 네 시간이고 무한정 떠들 수 있었다. 무엇에 대해서 그렇게 떠들었느냐고 하면 그다지 기억에 남는 것들은 아니다. 보통 실없는 하소연이나 농담이었다. 우리는 서로에게 특별한 점이 단 하나도 없었는데 굳이 따지자면 그 점이 좋았다. 서너 시간을 떠들고 나면 각자 내일의 출근을 위해 집에 가야 한다는 것도.

말하자면 서해와 나는 서로에게 기대하는 바가 없었고 그래서 서로를 깊이 이해했다. 물론 나만의 생각일 수 있지만. 아무튼 서해나 나나 멋진 남자를 만나진 못해도 더는 후진 남자를 만나지 않았고 사는 게 여유롭진 않았지만 그다지 버겁지도 않았고 모든 것이 그냥 그랬다. 말하자면 얼마든지 멋지게 살 수 있었지만 대체로 후지게 사는 상태. 딱히 힘든 일도 없으면서 인생이 망한 것처럼 골골거리는 상태. 그런 걸 서해는 이해했다. 아니지. 이걸 이해했다고 말하기는 좀 어려울 수 있겠고 그냥 사람은 다 그럴 수 있다고 했다.

그사이 나는 약국에서 일한 지 1년이 다 되어가고 있었고 복학을 해야 하나 말아야 하나 고민했다. 복학을 한다면 졸업반이 될 것이고 국시를 볼 것이고 앞으로 평생 간호사로 일해야 할 것이고. 그런 생각을 하면 최대한 오래 무책임한 아르바이트생으로 약국에 남아 있고 싶어졌다.

이런 내가 너무 후지다.

내가 그런 하소연을 할 때마다 서해는 그렇지 않다, 너는 충분히 멋지다, 그런 멋없는 빈말이 아니라 원래 세상에는 후진 사람이 더 많다, 그런 위로를 했는데 나는 왜인지 그게 마음에 들었다. 다들 후지게 사는데 나라고 안 후질 이유가 없지. 어쩌면 그런 마음으로 장호를 만난 걸지도 모른다. 그러니까 나는 영민 이후로 더는 후진 남자를 만나지 않을 수 있었는데 또 장호를 만난 것이다.

장호는 내가 휴학을 연장하고 약국에서 1시 30분에 점심을 먹는 최고참 아르바이트생이 됐을 즈음에 신입 아르바이트생으로 들어왔다. 내게 약사 선생의 결혼을 알린 아르바이트생이 관둬 그를 대신하는 사람이었으므로 장호는 당연히 내 옆자리에 앉게 되었고 우리는 알약을 까면서 이런저런 이야기를 많이 했다. 아니지. 장호가 이야기를 많이 했고 나는 주로 들었다. 이를테면 장호의 누나가 나와 같은 간호대를 나와서 간호사가 되었다는 이야기, 장호가 공장에서 일하면서 누나의 등록금을 내줬다는 이야기. 막상 장호는 간호대 학생이 아니고 경찰공무원을 준비한다고 했지만 장호의 누나 덕분에 우리는 곧 가까워졌다. 장호의 누나가 우리를 이어주거나 하진 않았지만 그냥 장호가 나를 좋아했다. 내가 간호대 학생이라서.

그렇다고 우리가 오래오래 행복하게 사귀었다는 건 아니다. 장호와 나는 보통의 연인들처럼 별것도 아닌 이유로 자주 싸웠고 그러다 헤어졌다. 장호도 나도 피차 후졌는데 뭐가 문제였을까. 글쎄. 장호는 후지기 싫었을까. 그랬을 수도 있겠다고 생각한다. 물론 그럴 수 있었다고 해서 내가 장호와 헤어진 것이 덜 슬펐다는 건 아니다. 나는 언젠가 영민과 헤어졌을 때처럼 몇 날 며칠은 밤마다 울었고 술에 취하면 장호에게 전화를 걸어서 제발 다시 만나달라고 매달리다가 마지막엔 지옥에도 못 갈 어중간한 새끼라고 욕을 하면서 끊었다.

장호항에 가자.

서해와 내가 송도에 간 날도 내가 구질구질하게 장호에게 전화를 했던 날이다. 그날 장호는 내 전화를 아예 받지도 않았는데 아마도 그날이 내가 서해에게 장호항에 가자고 한 날일 것이다. 한장호 이 개새끼가 이제는 내 전화도 안 받는다. 나는 질질 짜면서 서해에게 전화했고 서해는 나한테 지긋지긋한 인간이라고 욕을 했다. 그러고도 나를 데리고 송도에 갔다. 서해가 지하

철을 타길래 나는 고속버스 터미널로 가려나 했는데
두 번인가 세 번 지하철을 갈아타더니 내린 곳은 송도
였다.

장호항에 가자고 했잖아. 웬 송도야.

우리가 돈이 있냐. 면허가 있냐. 차가 있냐.

고속버스 타면 되지.

그럴 시간도 없잖아.

하긴. 그날은 평일이었고 서해도 나도 내일의 출근
을 생각해야 했다. 나는 서해의 말에 금방 수긍이 갔는
데 그렇게 금방 수긍해버렸다는 사실이 또 슬퍼서 한
동안 훌쩍거렸다. 서해는 그런 나의 등짝을 오래도록
통통 두드려줬다. 그날 서해는 송도를 잘 아는 사람처
럼 걸었고 나는 질질 짜면서 서해를 따라 송도 호수공
원을 천천히 돌았다. 송도는 바다면서 왜 호수냐는 택
도 없는 불평을 늘어놓기도 했는데 서해는 그런 건 다
무시했다. 다 무시하고 걷기만 무진장 걸어서 나중에
는 눈물도 안 났다. 어쩌면 났는데 바닷바람에 다 날아
갔을 수도 있고. 아무튼 송도나 장호항이나 바다는 바
다였고 나는 이 어두컴컴하고 너른 호수가 바다에 닿
아 있다는 사실만으로 기분이 좀 나아졌다. 장호와 장
호항에 갈 수는 없어도 서해와 서해에 왔으니 된 거 아
닌가. 어디까지가 호수고 어디부터 바다인지는 잘 몰

라도 바람에서 짠내가 나니까 따지자면 다 바다가 아닌가. 애초에 물이라면 다 물 아닌가.

저녁 시간의 공원에는 그다지 많은 사람이 있는 건 아니었는데 젊은 부부와 아이들이 자주 보였고 나는 그런 게 좋았다. 일단 공원을 걷고 있다면 나도 젊은 부부나 아이들과 다를 바 없으니까. 그건 내가 멋지다는 느낌보다는 저들도 어딘가 다 후졌을 거란 기대에 가까웠다. 혹은 후진 사람으로 큰다거나. 저주는 아니고. 나라고 내가 장호를 만날 줄 알았나.

근데 너 장호항엔 왜 가고 싶었던 거야.

장호가 보고 싶으니까.

아, 정말 너무너무 후지다.

서해는 혀를 끌끌 차면서 나를 앞질러 걸었다. 나는 서해의 뒤통수에다 어디 가는데, 어디까지 가는데, 재차 물었고 서해는 말없이 어느 표지판 앞에 섰다. 사슴 농장. 신도시의 호수공원에 사슴 농장이라니 이건 참말이 될 법도 하고 말이 안 될 법도 하다, 그런 생각을 하면서 울타리 너머로 사슴을 찾았는데 막상 사슴은 보이지 않았다.

사슴이 없는데.

있어. 내가 사슴들이 큰 트럭 타고 실려 오는 걸 봤거든.

그걸 네가 어떻게 봐.

나 여기서 학교 다녔는데.

네가?

응.

왜?

몰라. 1학년은 송도에서 학교를 다니랬어.

너 좋은 대학 나왔구나. 내가 사슴 없는 사슴 농장을 보면서 그렇게 중얼거리니까 서해는 너는 뭐 나쁜 대학을 나왔느냐고 되물었다. 그렇진 않지. 그래, 그렇진 않다. 그럼 됐지. 그래, 그럼 됐다. 서해와 그런 어설픈 소리나 하면서도 나는 썩 기분이 나쁘지 않았다. 서해가 송도를 잘 아는 사람인 것 같은 게 아니고 진짜로 잘 아는 사람이라서. 나는 서해에 대해 아는 것이 별로 없고 그 사실을 아직도 알아가는 중이라서. 그즈음엔 내가 장호와 헤어졌다는 사실도 까먹었다. 이 정도로 내 삶이 충만하다니. 사슴도 없는 사슴 농장에 왔는데 그게 좋다니.

그날 서해와 나는 호수공원의 2인용 흔들의자에 앉아 발을 구르다가 프랜차이즈 국숫집에서 국수 두 그릇에 김밥 한 줄을 시켜 저녁 겸 야식으로 먹고 각자 집으로 돌아갔다. 가게에서 나오자 막차 시간에 가까워서 공원을 돌 때보다 훨씬 빨리 걸어야 했고 지하철에 탔을 즈음에는 숨이 찼다.

그 후로 나는 장호와 두 번 더 다시 만났다가 헤어졌다. 그러던 중에도 장호와 장호항에 가지는 못했다. 장호는 내가 만난 모든 남자가 그랬듯이 용기는 개나 줬고 현실의 벽 앞에서 도망가기 바빴으며 그건 나도 마찬가지였다. 그게 좀 대단한 용기가 필요한 일이었다든가 처절한 현실의 벽이었다면 오히려 덜 나빴을까. 애초에 그런 일이나 그런 벽이 나에게 있기나 한가. 장호와 마지막으로 헤어지던 날 나는 돌아서는 장호를 보면서 문득 영민을 떠올렸다. 서해와 헤어지던 영민. 뒤돌아 뛰어가던 영민. 그리고 보니 장호도 뛰어갔던가. 애초에 나는 왜 그런 놈을 둘이나 만났을까. 그야 내가 그런 사람이니까.

다행히 서해는 그런 나도 계속 만나줬다. 말없이 만나준 건 아니고 그러게 왜 그런 후진 놈들을 만났느냐고 혀를 차면서 만나줬다. 너도 영민이 만났잖아. 내가 그렇게 말하니까 서해는 치를 떨었다.

그러니까. 그게 나의 흠이다.

서해가 그렇게 말한 덕분에 나는 수도 없이 많은 흠을 가진 사람이 되었다.

그럼 너는 어떤 남자를 만나고 싶은데.

어떤 남자도 만나고 싶지 않다.

그럼 여자를 만나고 싶니?

어떤 사람도 만나고 싶지 않아.

나는 왜 만나는데.

그건 나도 모르지.

서해도 모르는구나. 서해도 이유 없이 나를 만나고 나를 좋아했다. 물론 서해가 나를 좋아할 거라는 건 나만의 생각이고 착각일 수도 있지만 멍청하게 영민이나 장호 같은 남자를 계속 만나는 나를 서해는 그저 쳐다만 보고 있었으니까. 저런 멍청한 인간이 다 있느냐고 욕을 하면서 연락을 끊어버릴 수도 있는데 그러지 않았으니까. 그것만으로 좋았다. 따져보면 망한 게 없는데도 망했다고 징징거릴 수 있어서 좋았다. 언젠가 약사 선생에게 고백하지 않았던 것처럼 나는 매번 망할 기회도 날려먹었는데 그것마저 나의 비참함으로 활용할 수 있어서 좋았다. 아무튼 서해는 망하지 않은 나를 칭찬했으니까.

물론 나는 정말로 망하지 않았다. 나같이 특출난 것 없는 사람에게는 망하는 일에도 용기가 필요하니까. 나는 학교로 돌아가기로 했고 약국을 관둘 때까지 장호와는 말 한마디 섞지 않았으며 졸업을 하고 국시를 보고 동네의 작은 내과 병원에 취직했다. 그 병원의 의

사가 내가 다닌 학교 교수의 와이프였다.

그 교수는 내가 휴학계를 내러 연구실에 찾아갈 적마다 탐탁잖은 얼굴로 나를 뚱하니 쳐다보면서도 서류에 사인은 잘 해줬다. 나이가 차서 학교에 왔으면 빨리 졸업해서 일을 해야지 왜 자꾸 휴학을 하느냐고 훈계라도 하고 싶었던 것 같은데 어떤 이유에선지 그러지는 않았고 그냥 집이 좀 사느냐고 물어봤다.

저희 집이요?

그래, 자네 집.

아니요?

그럼 좀 어렵나?

글쎄요.

마지막으로 휴학계를 냈던 학기에도 교수는 별말 없이 서류에 사인을 해줬는데 이제까지와는 다르게 휴학 사유에 개인 사정이 아닌 집안 사정이라고 적어주었다. 그동안 무얼 했느냐길래 일을 했다고 대답했을 뿐인데. 교수는 내가 학비를 버느라 아르바이트를 했다고 오해를 하는 것 같았는데 나는 구태여 그걸 바로잡고 싶지 않았다. 그렇게 틀린 말도 아니고. 내가 버는 돈은 앞으로도 결코 대단한 액수일 리 없고 그것은 다달이 쪼개져서 과거의 나 혹은 미래의 나에게 돌아갈 것이다.

졸업 학기를 앞두고 학교로 돌아갔을 때는 다들 국시 준비에 열을 올리고 있었다. 나와 함께 입학한 동기들은 대부분 간호사가 되어 학교를 떠났고 몇몇은 아예 간호사 되기를 관뒀다. 나는 얼굴도 이름도 낯선 미래의 간호사들과 부대끼며 학교를 오갔다. 그사이 나의 휴학 면담을 도맡았던 교수가 두어 번 나를 연구실로 불러 나의 후줄근한 차림이나 멍청한 표정 따위를 지적했는데 안타깝게도 소문은 정반대로 퍼져서 나는 어느새 교수와 그렇고 그런 사이가 되었다. 도대체 어떻게 정년을 앞둔 교수와 그렇고 그럴 마음이 들 수 있지. 내가 이제까지 짝사랑한 남자들이 얼마나 멋졌는데. 나는 희한한 소문이 퍼진 것보다 나의 취향에 대한 오해가 생긴 것이 더 불쾌했지만 이름도 얼굴도 잘 모르는 사람들에게 그런 걸 해명하는 건 좀 피곤한 일이라고 생각했다. 그냥 사는 것만도 피곤한데.

무엇보다 그 교수가 진짜로 나에게 일자리를 소개했기 때문에 나의 후진 소문은 별다른 해명의 기회도 잃었다. 아니지. 애초에 바란 적 없으니 잃었다고 할 수는 없겠다. 교수가 어쩌다 나 같은 학생을 제 와이프의 병원에 새로 뽑을 간호사로 추천했는지는 모르겠지만 아무튼 그렇게 됐다. 보통의 학생들은 나이 지긋한 의사와 단둘이서 일하는 동네 병원에 가고 싶지 않아 했으니까. 말하자면 그 교수는 나를 아둔한 학생이라고 생각한 것이다. 별말 없이 평생 일할 간호사가 될 학생. 나는 대충 그런 역할로 교수 와이프의 병원에 꽂혔다.

인수인계를 해준 나이 든 간호사가 떠나자 그 병원에 남은 건 나와 의사 둘뿐이었다. 환자는 그리 많지도 적지도 않았고 나는 사람을 대하는 일보다 병원 청소를 더 많이 했다. 오래된 상가 건물 3층에 있는 내과에는 사람이 있든 없든 먼지가 많이 쌓였다. 그런 일이 힘들지 않았다는 건 아니다. 그렇다고 죽을 것 같지도 않았다. 나 말고도 많은 사람이 같은 일을 했다. 다들 잘 살아서 했다. 나는 매사 서해가 하는 말처럼 내 자리를 잘 알았고 누울 자리를 보고 발을 뻗었으며 도통 누울 자리가 없으면 그냥 앉거나 서 있기로 했다.

그래서 서해는 제자리를 잘 찾았느냐고 하면 아주 잘 찾았다. 내가 낡은 상가 건물 3층에 주저앉은 것처럼 서해는 서해로 갔다. 서해가 낚시꾼이 되었다거나 먼바다에서 실종됐다는 건 아니다. 그런 특별한 일은 서해와 나를 잘 비껴가니까. 아닌가. 서해가 청도로 떠난 것도 특별할 일이라면 특별한 일이다.

나 중국에 간다.

내가 병원에 취직한 다음에도 약국에서 일하던 때와 별반 다를 거 없이 서해와는 종종 만나 커피를 마셨고 밥을 먹었다. 우리가 송도에 다시 간 일은 없었지만 그때 먹었던 프랜차이즈 국숫집의 다른 지점에서 국수를 먹기도 했다. 사실 국수 맛이야 다 비슷하니까. 꼭 같은 프랜차이즈가 아니어도 상관없을 것인데 나는 그 가게 간판만 보면 서해가 생각났다. 서해가 중국에 간다고 얘기한 것도 그 국숫집에서 국수를 먹으면서다.

웬 중국이야.

서해는 국내에서 작게 시작한 화장품 브랜드에서 마케팅을 담당했는데 K-뷰티가 세계를 휩쓸면서 그 브랜드가 한국보다 중국에서 더 유명해졌다. 그 덕분에 서해네 회사 대표는 이름만 들으면 알 만한 대기업에 브랜드를 팔아넘기고 평생 놀고먹을 돈을 다 벌었다고 했다. 서해는 국수를 한 입마다 끊어 먹으면서 그런 얘기를 해줬는데 그다지 대표를 부러워하는 느낌은 아니었다. 그냥 그런 일이 있었어. 마치 어제 옆집 개가 좀 짖었어, 그런 투였다.

좋은 거 아냐? 대기업 직원이네 이제.

대표가 청도에 회사를 새로 차려. 나는 그쪽으로 가.

왜 그런 짓을.

나 중국어 전공이거든.

그랬어?

그랬지.

그렇다고 한국에 좋은 회사를 두고 중국으로 가나. 나는 잔치국수 국물을 마시면서 중국의 기름진 음식들을 떠올렸다. 그런 것만 먹고 살 수가 있을까. 아닌가. 막상 중국에 가보면 슴슴한 멸치 육수가 있을지 모른다. 게다가 청도는 바다와 가까우니까. 꼭 멸치가 아니더라도 어떤 해물 육수든 있겠지. 음식이 영 아니라면 맥주를 마시면 될지도. 다른 건 안주라고 치고. 안주는 원래 맵고 짜고 기름지니까. 아무튼 그런 건 다 그렇다 치더라도 서해가 중국어 전공을 했다는 건 상당히 의외였다.

근데 왜 중국어 전공을 했어.

잘난 애들이 다 영어를 해서.

난 영어도 잘 못하는데 어떡하나 그럼.

뭘 어떡해. 한국어 해.

한국어라. 물론 나는 한국에서 잔치국수 먹는 걸 좋아하고 서해가 중국에 가더라도 서해와 먹던 프랜차이즈 국수를 먹을 거고 내가 일하는 병원에 외국인 환자는 오지 않는다. 아는 사람만 오는 작고 낡은 동네 병원이니까. 주된 환자층은 육십대에서 팔십대까지. 내가 그런 곳에서 병든 이들을 만나는 동안 서해는 맥주가 유명한 청도에서 화장품을 팔게 됐다.

서해가 중국으로 가는 날 나는 서해네 집에서 하룻밤 자고 서해와 공항까지 갔다. 병원에는 처음으로 휴가를 신청했는데 의사는 그럼 간호사가 없다면서 아예 병원 문을 닫아버렸다. 내가 없어서 휴진이라. 나는 그게 나의 책임인지 의사의 무책임인지 생각해보다가 말았다. 그날 중요한 건 서해였으니까. 우리가 만난 지는 5년이 넘었지만 막상 서로의 집에 가본 것은 그때가 처음이었다. 서해네 집은 그냥 서해다워서 보통 혼자 사는 직장인의 원룸이라 생각하고 그려본 이미지와 비슷했다. 다른 게 있다면 서해의 짐이 담긴 거대한 캐리어가 두 개 있었고 그것 외에도 이민 가방이 하나 더 있었다는 정도. 원래는 서해네 남동생이 짐꾼 역할로 공항에 가주기로 했는데 구태여 내가 따라가겠다고 했다. 언제 다시 볼지 모르니까.

서해는 이제 진짜로 서해에 갔고 나는 앞으로 서해에게 어디에 있느냐고, 서해에 있느냐고 농담으로 물을 수 없어진 게 아쉬웠다. 이제 그건 진짜가 되니까. 영민이나 장호 같은 후진 남자를 한 번이라도 더 만난다면 큰일이 날 것이다. 송도에 데려가줄 서해가 없으니까. 내가 휴가를 내고 청도에 간다면 모를까. 하지만 나의 휴가는 곧 병원의 휴진인데 그럴 수가 있을까. 느

릿느릿 병원을 채우는 병든 이들을 며칠이나 모른 척
하기는 힘들 것이다. 나는 오래도록 그런 삶을 피해왔
고 이제는 그냥 살고 있다. 피할 수 없어서 즐기는 것
까지는 아니고 그냥 피하지 않는다.

너 진짜 서해에 가는구나.

진짜 서해?

황해. 서해가 황해잖아.

그렇군.

너는 이름이 서해면서 그것도 모르냐.

내 이름은 용서해야. 그냥 서해가 아니라.

그래, 포기브 미.

포기브 미라니.

내 이름이 좀 특이하긴 해도 그런 말은 처음 듣는다.
서해는 그렇게 얘기하면서 공항 카트에 캐리어를 얹었
다. 난생처음 가보는 중국에 저 많은 짐을 들고 떠나다
니. 혼자 떠나다니. 나는 어쩌면 서해가 내가 아는 중
가장 용감한 사람이 아닐까 생각했다. 사실 서해야말
로 감해가 되었어야 하는 게 아닌가. 내가 그런 이야기
를 하니까 서해는 별 희한한 소리를 다 한다며 웃었다.

사는 데 용기는 중요하거든. 용기 있는 남자가 미인
을 차지해.

우리는 남자가 아닌데.

그러니까. 우리에게 남은 선택지는 용기 있는 여자
가 되는 것뿐이다.

그래야 되냐.

난 언젠가 용씨 성을 가진 남자를 만나서 애를 낳으
면 감해라고 이름을 지을 거야.

용씨 성의 남자라. 내 남동생이 있지.

네 남동생은 이름이 뭔데.

용왕.

진짜?

진짜겠냐. 용성철.

성철이라니 김빠지는 이름이다. 나는 혼자 그렇게
생각하고 서해의 무거운 카트를 대신 밀었다. 황해로
가는 서해의 카트. 용기는 필요해도 용서할 일은 없는
서해의 카트. 나는 문득 이때까지 내가 만난 용기 없는
남자들에게도 그다지 용서가 필요하지 않다는 생각을
했다. 사람과 사람이 울고불고 다퉜으면 이를 갈거나
용서를 빌 일도 분명 있었을 것인데 나는 그중 누구도
용서한 적이 없다. 배신감에 차서 용서를 못 한 것이
아니라 그럴 일이 없었다. 그리고 앞으로도 되도록 내
가 용서받을 일도 용서할 일도 없었으면 한다.

근데 용성철은 만나지 마라. 걔도 후지다.

알겠어.

나는 그날 서해를 보내면서 붙잡거나 울거나 구질구
질하게 미련을 두거나 매달리고 싶지 않았다. 장호나
영민처럼 허접하게 보내고 싶지 않았다. 서해가 서해
에 있다는 것만으로 좋았으니까. 서해야 너는 어디에
있니. 서해에 있니. 그러면 서해는 어, 나는 서해에 있
어, 그렇게 대답해줄 것이니까.

서해가 서해에 있는 동안 나는 우진을 만났다. 우진
은 늙은 사람으로 가득한 병원에 몇 안 되는 내 또래
환자였고 같은 건물 1층에 있는 작은 여행사의 직원이
었다. 처음 우진이 내원했을 때 나는 우진이 적어낸 이
름을 후진으로 잘못 봤다. 어떻게 사람 이름이 후진.
하기야 서해도 있는데. 그런 생각을 하고 혼자 웃었다.
그때 우진이 뭐가 재미있으세요, 하고 물었고 나는 그
게 좀 미안했다.
죄송해요.
아닙니다.
우진은 잔병치레가 잦아 자주 병원에 왔다. 우진은
힘없는 걸음으로 진료실에 들어갔다가 더 나빠진 안색
으로 나왔다. 가끔은 내가 우진에게 주사를 놓을 때도
있었다. 우진 씨 내일은 휴가를 쓰세요. 내가 그렇게
얘기하면 우진은 곤란하다는 듯이 고개를 저었다. 일

하는 직원이 저밖에 없어요. 회사가 후져서. 우진의 목소리는 조용조용했다. 우진은 그간 내가 만났던 남자들과 별다를 것 없었지만 가끔 멋졌다. 내가 짝사랑했던 남자들처럼.

이를테면 나와 우진이 연애를 시작하던 날. 그날 우진은 살 하나가 비뚤어진 감색 체크무늬 우산을 쓴 채 건물 입구에서 나를 기다리고 있었다. 나는 후줄근한 우진의 우산 위로 눈이 차츰 쌓이는 것을 보면서 여기서 뭐 하세요, 물었고 우진은 성은 씨를 기다렸죠, 하고 말했다.

왜요.

갑자기 눈이 오니까.

그래서 나는 우진과 함께 버스를 기다렸다. 우리 집으로 가는 버스는 채 5분도 안 되어 정류장에 도착했는데 나는 그게 또 미안했다.

어떡해요. 우진 씨가 기다린 시간보다 저한테 우산을 씌워준 시간이 더 적어요.

다음에도 씌워줄게요.

우진은 버스에 오르려는 나에게 우산을 쥐여주고 신호가 초록불로 바뀌자마자 성큼성큼 횡단보도를 건너갔다. 나는 버스 창문 너머로 멀어지는 우진의 모습을 오래 쳐다보고 있었다. 그다지 풍성하지 않은 우진의 정수리에 눈이 쌓이는 모습을. 결코 길지 않은 다리로도 빠르게 걷는 모습을. 버스에 앉아 집까지 가는 동안은 휘어진 우진의 우산살을 이리저리 당겨보다가 말았다. 새 우산을 사서 선물하려고.

새 우산을 들고 간 우진과의 첫 여행지는 바닷가였다. 동해로 갔지만 장호항은 아니었고 삼척의 '작은후진해변'이었다. 작은후진해변은 작지 않았고 후지지도 않았다. 내 남자친구인 우진은 가끔 작았고 가끔 후졌지만 나는 그런 점이 좋았다. 가끔만 후지다니 얼마나 귀한가.

우진과는 해변 근처 식당에서 생선구이를 먹었는데 그날 식당 텔레비전에서 나는 오랜만에 약사 선생의 얼굴을 봤다. 언젠가 내가 짝사랑했던 약사 선생. 무슨 일이 있었던 건지는 몰라도 약사 선생은 재벌 집 막내딸과 이혼했고 내가 기억하는 뽀얀 얼굴로 찍었던 그들의 결혼사진이 뉴스 자료 화면으로 나오고 있었다. 세상에 사람이 사람을 만나다가 헤어진 걸로도 뉴스에다 나오다니. 나는 우진을 앞에 두고 약사 선생에 대해 생각했고 영민과 장호에 대해서도 오래 생각했다. 내가 영민과 장호를 만나고 헤어질 때마다 뉴스에 나왔더라면 어땠을까. 그랬다면 나는 이미 오래전에 죽어버렸을지도 모른다.

나는 잘 구워진 삼치를 와사비 푼 간장에 찍어 먹으면서 약사 선생이 되도록 오래 살기를, 죽지 않기를 바랐다. 약사 선생의 인생이 망했는지 아닌지는 모르겠지만 아무튼 나는 망하지 않았으니까. 먼 미래에도 그럴 일은 없을 테니까. 언젠가 짝사랑했던 남자에게 그런 행복쯤 빌어주는 것은 어려운 일도 아니다. 나는 앞으로도 종종 우진과 이곳저곳으로 여행을 떠나게 될 것이고 삼치든 갈치든 LA갈비든 뼈를 발라 서로의 밥그릇 위에 얹어주기도 하고 또 그것이 얹히기도 하면서 살 것이다. 그런 확신이 들었다는 것은 아니다. 그러고 싶다는 뜻이지. 나 같은 인간에게 희망 사항이란 그런 사소한 것이다. 그런데 우진은 어떨까. 왜인지 그런 건 별로 궁금하지 않다.

그날 밤 나는 우진과 작은 민박집에 누워 서해에게 메시지를 보냈다. 서해야. 나는 동해야.

잘했다.

서해에게는 그런 답장이 왔다.

인터뷰

최예솔
×
홍성희

홍성희　〈소설 보다〉로 처음 만나 뵈어요. 봄의 지면을 함께 꾸리게 되어 반갑고 기쁩니다. 최예솔 작가는 2023년부터 꾸준히 소설을 발표해왔는데요. 새로운 봄을 어떤 마음으로 맞이하고 계신지요. 간단한 소개와 함께 인사 말씀 부탁드립니다.

최예솔　저는 계절 중 여름을 가장 좋아하는지라 봄이라고 하면 곧 여름이 오겠구나, 하고 설레게 되는데요. 올해 봄은 〈소설 보다〉로 새로운 독자분들을 만날 수 있어 예년보다 더 설렙니다. 또 저는 '식집사'이기도 한데, 봄이 되어야 비로소 베란다의 식물들이 겨울을 잘 견뎠는지 못 견뎠는지 파악할 수 있기 때문에…… 여러모로 떨리는 계절이에요.

홍성희　「서해에서」에는 반복되는 단어들이 있는데, 하나는 '서해'이고 다른 하나는 '후지다'예요. 먼저 '후지다'라는 말의 감각에 대해 이야기 나누면서 소설 안으로 들어가보면 좋을 것 같아요. '나'는 한 시절을 함께한 애인들에 대해, 이별을 마주하는 자기 자신의 모습에 대해 말할 때 자주 '후지다'라는 표현을 써요. 서해와의 만남도 '후진' 영민과 연인이었다는 공통점으로부터 시작되고, '나'의 회상 속에서 5년간의 시간은 이 단어를 여기저기에 붙이고 떼내온 시간으로 기록되는데요. 허접하다, 특출하지 않다, 멋지다, 용기가 없다, 그냥 그렇다, 골골거리다, 하소연하다, 구질구질하다, 도망가다, 징징거리다, 아둔하다, 특별하다, 피하지 않다, 망하지 않다, 사소하다 같은 단어들과 연결되거나 상대화되는 자리에서 '후지다'라는 말은 정확한 판단 기준을 갖는 말이라기보다 판단의 결과만을 추상적인 감각의 형태로 공유하는 말같이 느껴져요. 명확한 서사나 감정의 맥락이 드러나지 않아도 '나'가 '후지다'라고 정리해버리면 그 말을 타고 '후짐'의 감각을 부풀려가게 되는 것이 「서해에서」를 관통하는 가장 큰 힘이 아닐까 합니다. 이런 비교가 적절할지 모르겠지만, 곱씹어보면 '느좋'을 포함해서 최근의 많은 단어가 공통 감각을 전제하고 환기하는 듯하지만 실상 새롭게 만들어온 궤적이 있는 것 같은데요. 단어를 나누는 사람들의 안팎을 추상적이면서도 아주 강력하게 연결하는 단어의 힘에 대해 작가님은 어떤 생각을 가지고 계신지 궁금합니다. '후지다'라는 말 조각을 거듭하여 활용하면서 어떤 힘으로 소설을 엮어내고자 하셨는지요.

최예솔　소설에 등장하는 '후지다'라는 표현이나 말씀해주신 '느좋' 같은 단어의 특징이 그런 점인 것 같아요. 개인의 고유한 감각인 동시에 보편적인 공감대를 갖게 만들잖아요. 서해와 '나'가 생각하는 영민의 후진 점은 서로 다르겠지만, 구체적인 정보를 주고받는 과정 없이 그냥 '후지다'는 감각만으로 엮일 수 있는 것처럼요. 각자의 세계를 가지는 동시에 함께하는 세계로 진입하는 힘이 아닐까 생각해요. 특히나 '후지다' 같은 표현은, 뭐랄까 부정적이고 속되고 약한 마음을 갖게 하지만 어떤 이유가 되었든 그런 마음을 가져보지 않은 사람은 없을 테니까요. 여러 이유로 나든 남이든 '후지다'고 평가한다면 그것은 결코 좋은 쪽이 아니겠지만, 그렇다고 단순하게 나쁘다고 말하기도 어려운 것이, 소설에 나와 있듯 다들 후지니까…… 그래서 그런 말들로 얼버무림으로써 정확한 판단을 유예한 상태로, 어렴풋한 감정의 윤곽만 공유하며 살아가게 되는 것이 어쩌면 가장 자연스럽지 않을까 싶습니다. 어떤 느낌이 어떻게 좋은지 설명하는 긴 문장보다 '느좋'이라는 짧은 단어가 사람들을 더 확실하게 결속시키는 것처럼요. 제가 좀 우유부단한 사람이라 그런지 모르겠지만 저는 그런 유보된 상태에 관심이 많고, 그 순간을 길게 늘여서 여러 각도로 지켜보는 것이 외려 더 정확하게 느껴지기도 해요. 이도 저도 아닌 것을 이것 혹은 저것이라고 부르기 위해 애쓰는 것보다는 역시 이도 저도 아니게 두는 것이 낫지 않나, 하는 마음입니다. 그런 마음을 갖고 살다 보면 이거 좀 후지다……는 생각이 드는데, 그래서 이 소설이 씌어진 것 같기도 하고요.

홍성희 '유보된 상태'를 늘여 보면 그 안에 함께 있는 것들이 때로 아득하면서도 선명히 보이는 것 같아요. 후진 귀함 혹은 귀한 후짐에 대한 이야기를 이어가 보면 어떨까요. '후지다'는 감각을 켜켜이 쌓아온 '나'의 여정이 다른 의미를 입게 되는 것은 "가끔만 후지다니 얼마나 귀한가"라는 문장에서이지 않을 까 해요. 서해가 청도로 이사해 정말 서해에 있게 되면 "서해에 있냐"라는 말이 더는 농담이 아니게 되듯, '후지다'라는 말도 내내 전면적인 사실은 아 니기 때문에 자조적인 농담처럼 사용되는 장치인 것 같아서요. '나'가 우진을 만나 가끔씩만 후지다 는 귀함에 대해 말하는 것은 우진이 전 애인들보다 더 나은 사람이라서 혹은 '나'가 전보다 더 성숙해 졌기 때문만은 아닐 듯해요. 어쩌면 모든 건 우진 의 이름을 '후진'으로 잘못 보았던 것처럼, '후진'이 동그라미 위에 씌워진 모자 같은 무게를 벗고 '우진' 이 되는 것처럼, 어떤 꺼풀을 입거나 벗겨내는 문 제, 소위 말하는 '한 끗 차이'의 문제이지 않을까 생 각하게 되어요. 그래서 "얼마나 귀한가"라는 말이 우진에게만이 아니라 '나' 자신과 더불어 모든 사람 에게도 닿는 것같이 느껴졌는데요. "가끔만 후지다 니 얼마나 귀한가"라는 문장이 어떤 방식으로든 이 소설 속에 희망을 불러들이고 있다면, 희망이 가능 해지는 '한 끗'은 무엇이라고 말해볼 수 있을까요. '별다를 것 없음' 속에서 문득 보게 되는 귀함에 대 해 이야기를 나누고 싶습니다.

최예솔 제게는 그 '별다를 것 없음'이 '후지다'와 비슷한 감 각이지 싶어요. 그런데 '귀하다'는 것도 '후지다'를 완전히 배제한 감각이 아니니까 가끔 후지면 또 가 끔 귀하다, 그렇게 연결되는 것 같고요. 앞에서 한 이야기와도 이어지는데 이도 저도 아닌 것은 가 끔 이것이고 또 가끔 저것이니까, 절망적이라고 생 각한 것들도 곧 희망으로 이어질 수밖에 없지 않 나, 생각하게 됩니다. 좀 무책임한 말일 수는 있지 만 세상에 책임감만으로 해결되는 일은 별로 없잖 아요. 그러니까 그냥 살면, 잘 살려고도 못 살려고 도 하지 않고 그냥 살면 어떤 때는 잘 살아지고 어 떤 때는 못 살아지는 식으로 알아서 흘러가지 않 을까 싶어요. 실제로 그렇지 않다고 하더라도 그렇 게 생각하면 조금 덜 힘들더라고요. 저의 경우에는 그렇습니다. 그렇다고 대충 살자는 말은 아닙니다 만…… 별다를 것 없더라도 살아가고 있는 상태가 가장 중요하다고 믿고 싶습니다. 일단 살아 있으 면, '나'나 서해처럼 대단한 무언가를 하지 않더라 도 살아가고 있으면 그것이 곧 귀한 일이 되는 것 처럼요.

홍성회 별다를 것 없이 귀한 이름과 세계에 대해 생각하 게 돼요. 소설은 서해의 이름을 영어로 번역해보는 데서 시작해 서해에게서 도착한 메시지로 끝이 나요. 이름과 메시지 속 문구는 모두 서해와 함께해 온 '나'의 시간을 관통하는 언어들인데요. 이를테면 서해의 이름은 '아임 브레이브'가 '포기브 미'보다 훨씬 낫다는 판단 속에서 먼저 이해되지만, 점차 용서할 일도 용기를 선언할 일도 없이 그저 거기에 있는 것 자체로 좋은 이름이 돼요. 처음 서해가 해준 '잘했어요'라는 말은 '잘했다'로 반복되는 듯하지만, 후지고 귀한 살아 있음의 시간을 공유해온 만큼 다른 무게를 갖기도 하지요. 기준과 이유가 따라오던 말이 그저 한마디로 충분한 글자가 되어 시간의 켜를 조용히 불러들이는 것처럼요. 그런데 서해와 관련해서 변화만큼이나 중요한 것은 처음부터 이유 없이 시작된 좋아하는 마음이지 않을까 해요. 소설에서 '서해'는 이야기의 시작과 끝 사이의 시간을 채우는 이름이기도 하지만, 서해와 함께하는 과거와 현재와 미래까지 모두 매개하는 장소 또는 공간이기도 해서, 서해라는 중의적 단어가 마치 '나'가 살아가는 세계 자체로 느껴지는데요. "우리는 같은 자리에 서 있는 거다" "내가 어디에 있는지 알아야 어디로 가야 하는지도 알 수가 있다"같이 지도에 점을 찍고 동그라미를 그리는 문장들을 곱씹게 되기도 합니다. 서해의 이름과 장소가 겹쳐 '나'에게 의미가 될 때, 또 '자리'에 관한 서해의 문장들을 '나'의 언어로 되새길 때, '나'에게 서해를 중심으로 하여 지도를 그리는 일은 세계라는 공간을 살아가는 일과 어떻게 겹쳐지는 것이었을까요. 좋아하는 마음의 너른 힘에 대해 청해 듣고 싶습니다.

최예솔 그건 '나'와 서해가 각자 영민에게 가진 구체적인 감상과 관계없이 그저 '후지다'는 감각만으로 서로의 세계에 편입한 것과 비슷한 일이라고 생각해요. 사람과 사람의 만남을 두고 두 우주가 충돌한다고 표현하기도 하잖아요. 그만큼 각자 사는 세계가 다르다는 뜻이지요. 하지만 서로 다른 이유로 슬프더라도 슬픔이라는 감정 자체는 누구나 비슷하게 느끼는 것처럼 사람들 사이에 어느 정도의 교집합은 늘 존재하는 것 같아요. 그 교집합에 머무는 것이 좋아하는 마음이 아닐까 싶습니다. '나'에게 서해는 서해와의 차원에서뿐만 아니라 세계와의 교집합을 만들어준 인물일 것 같아요. 그것이 비록 후진 세계일지라도…… 모두가 이런 세계에서 서로 부대끼며 살아가고 있음을 안다면 나라고 못 할 이유가 없으리라는 나름의 용기가 생길 수밖에 없겠다는 생각이 듭니다. 비록 '서해'는 '포기브 미'도 '아임 브레이브'도 아닌 이름이지만 그런 자리가 '나'가 서 있는 자리이고, 동시에 우리 모두의 자리가 아닐까 싶어요. 일단 그것을 알게 되었기 때문에 좋아할 수 있었던 것 같고요. 이 '앎'은 정확한 인식이라기보다는 '후지다'처럼 어떤 감각에 가까운 것 같아요. 제대로 이해하지는 못하더라도 무언가를 감각하는 순간 바뀌는 것들이 있으니까요.

홍성희 우리가 감각에 의지하고 또 감각으로부터 힘을 만들어내는 방식은 너무나 다양해서, 때로는 중심이 없는 것처럼 이야기되기도 하는 것 같아요. 하지만 그 안에는 흔들리고 움직이더라도 묵직하게 자기 무게를 가지고 있는 무엇이 있는 듯한데요. 이를테면 서해가 서해에 있다는 말은 사실 서해가 아니라 '나'의 위치를 기준으로 만들어져요. 서해가 청도에 있을 때 인접한 바다의 공식 명칭은 황해이고, 중국 기준으로는 지도상 동쪽에 위치하니까요. '나'는 소설의 말미에 가서 처음으로 '성은'이라는 이름으로 불리고, 본인이 쉬면 병원이 문을 닫는 위치에서 일하게 되기도 하는데요. 사실은 어떤 위치에서든 품고 있을 동쪽과 서쪽, 이곳과 저곳을 구분하는 마음의 중심이라는 것은 어떤 때 조금 더 분명해지는 듯 보이고 또 어떤 때 없는 듯 흐릿하게 느껴지는 걸까요. 이 소설이 구체적인 시절 혹은 생 전반의 양태를 가로지르는 마음과 태도에 관해 생각하게 한다면, 그 안에서 움직이고 있을 추를 알아차리는 순간에 대해 이야기 나누어보고 싶습니다.

최예솔 사람이 힘들 때 마음 둘 곳이 없다고 이야기하잖아

요. 제게는 그 말이 마음은 이곳에 둘 수도, 저곳에
둘 수도 있는 것이란 말처럼 들려요. 어디든 두고
싶은 것일 수도 있고요. 그러니 결국 고정된 것은
아니고, 말씀해주신 바와 같이 늘 움직이고 있는
것이죠. 꼭 마음의 문제만은 아니고 그걸 가진 사
람의 문제일 텐데, 그건 소설 속의 '나'처럼 휴학한
상태로 아르바이트를 하는 위치, 다시 학교로 돌아
가 국가시험을 준비하는 위치, 직장을 가지고 생계
를 이어나가는 위치 등 그가 놓인 위치에 따라 조
금씩 달라질 수도 있을 것 같아요. 그렇다면 도통
어느 한군데 붙어 있지 않고 떠다니는 사람과 마음
을 어떻게 말할 수가 있느냐…… 저는 도저히 그것
을 말하기가 어려워서 외려 소설 속에서 계속 이동
시키는 게 아닐까 생각하기도 해요. '나'와 서해가
자기 자리를 찾아 끊임없이 이동하는 것처럼, 앞으
로도 그렇게 살아야 하는 것처럼요.

홍성회　최예솔 작가는 몇 편의 소설에서 누군가가 떠난 자
리에 남아 있는 사람들을 그려왔어요. 주로 일인칭
으로 등장하는 인물이 그와 마찬가지로 남겨진 다
른 사람과 예기치 않게 시간을 함께 보내는 가운
데, 있는데 몰랐거나 새로 생기는 마음들을 마주해
가는 여정이 흥미로웠어요. 「서해에서」도 애인들
이 떠난 자리에서 관계를 시작하고 이어가는 서해
와 성은의 이야기이면서 두 사람을 넘어 여러 사람

이 겹쳐 있는 시간의 양상을 독특한 질서로 보여주는 소설이라는 생각이 들었어요. 전혀 무관해 보이는 에피소드나 인물들이 아주 헐겁고 우연적인 요소로 연결되며 시간과 마음의 비약이 매끄럽게 처리되는데, 직선이기보다 입체로, 또 정방향으로 쌓여가기보다 사선으로 만들어져 가는 감각이 재미있었어요. 약국 아르바이트생이 점심시간을 나누어 쓰는 방법도 소설 속 시간 구조를 읽어내게 하는 재미있는 장치 같은데요. 소설은 문자라는 2차원적이고 직선적인 질서 체계를 활용하면서도 시간 감각을 다양하게 비틀고 재조합하면서 다차원의 입체 공간을 구축해낸다는 점이 저에게는 늘 매력적으로 다가와요. 작가님이 소설의 언어를 통해 만들어내고 또 시험해보고 싶은 시간 감각이 있다면 어떤 것일지 말씀을 청해 듣고 싶습니다.

최예술 제게도 소설은 시간이라는 감각이 잘 살아 있으면서도 그것을 얼마든지 늘이거나 줄이거나 건너뛰거나 반복할 수 있다는 점에서 굉장히 매력적으로 느껴져요. 보통의 시간 흐름처럼 미래로 가서 끝날 수도 있고 과거로 되돌아가서 끝낼 수도 있고요. 애초에 소설은 사람이 사람에 대해서 쓰는 것이고, 사람이라는 게 어딘가에 단단히 고정되어 있지 않으니까 당연한 일인가 싶기도 하지만 저는 그 '고정되지 않음'이 가장 흥미로운 지점이라고 생각해요. 삶에는 끊임없이 판단과 결정이 필요한데, 어떨 땐 그걸 선택하고 움직이는 시간보다 선택하기 위해서 머뭇거리고 주저하는 시간이 더 길잖아요. 과정이 중요하냐 결과가 중요하냐 그런 건 아니지만…… 저는 그냥 그 사이에서 서성거리는 사람이 좋고 그런 모습을 더 보고 싶습니다. 소설 속에서만큼은 누구나 1분이든 백 분이든 얼마든지 서성거릴 수 있었으면 좋겠고, 그런 감각을 소설 속에 담고 싶다는 바람이에요.

홍성희 소설 속 상황 자체만이 아니라 그 상황 안팎을 서성거리는 시간과 걸음들을 되돌아보게 되어요. 인물들과 함께 제 자신의 모습을 마음껏 보게 되기도 한 것 같습니다. 소설 안에서 만들어지는 인물들의 시간과 소설을 쓰면서 만들어가는 작가님의 시간이 모두 다채롭고 풍성하기를 바라는 마음이에요. 사슴이 없는 사슴 농장에서 성은이 느낀 충만을 새삼 가늠해보게 됩니다. 앞으로 써나갈 소설들을 기다리면서 마음에 품고 계신 생각들이 있다면 살짝 나누어주실 수 있을까요. 더불어 기다리는 마음으로 끝인사를 나누고 싶습니다.

최예솔 성은에게 사슴 농장의 사슴이 중요하지 않았던 것처럼 사람이 사는 일에는 무엇이 중요하고 또 무엇이 중요하지 않은가,를 최근 생각하고 있어요. 앞에서도 얘기했지만 마음이란 게 여기다 뒀다가 저기다 뒀다가 해도 되지만 아무튼 어딘가에 두긴 해야 하니까요. 저도 소설을 쓰는 동안만큼은 충분히 서성거려보겠습니다.

수록 작품 발표 지면

별 세 개가 떨어지다　　『보다』(열린책들, 2025)

귀신이 없는 집　　『문학동네』 2025년 겨울호

서해에서　　『Axt』 2025년 11/12월호

소설 보다: 봄 2026

펴낸날 2026년 3월 10일

지은이 김채원 위수정 최예솔
펴낸이 이광호
주간 이근혜
편집 김다연
펴낸곳 ㈜문학과지성사
등록번호 제1993-000098호
주소 04034 서울 마포구 잔다리로7길 18(서교동 377-20)
전화 02) 338-7224
팩스 02) 323-4180(편집) 02) 338-7221(영업)
대표메일 moonji@moonji.com
저작권 문의 copyright@moonji.com
홈페이지 www.moonji.com

ISBN 978-89-320-4514-6 03810